루쉰문고

0 6

아침 꽃 저녁에 줍다

루쉰문고 06 아침 꽃 저녁에 줍다

발행일 초판1쇄 2011년 7월 10일 초판4쇄 2020년 12월 10일
지은이 루쉰 | **옮긴이** 김하림
펴낸이 유재건 | **펴낸곳** (주)그린비출판사 | **주소** 서울시 마포구 와우산로 180, 4층
주간 임유진 | **편집** 신효섭, 홍민기 | **디자인** 권희원
마케팅 유하나 | **경영관리** 유수진 | **물류유통** 유재영
전화 02-702-2717 | **팩스** 02-703-0272 | **이메일** editor@greenbee.co.kr | **등록번호** 제2017-000094호

ISBN 978-89-7682-136-2 04820 978-89-7682-130-0(세트)

철학과 예술이 있는 삶 **그린비출판사** www.greenbee.co.kr

아침 꽃 저녁에 줍다

朝花夕拾

김하림 옮김

그린비

| 차례 |

|일러두기|

1 이 책은 중국에서 출판된 『魯迅全集』 1981년판과 2005년판(이상 北京: 人民文学出版社) 등을 참조하여 우리말로 옮긴 책이다.

2 각 글 말미에 있는 주석은 기존의 국내외 연구성과를 두루 참조하여 옮긴이가 작성한 것이다.

3 단행본·전집·정기간행물·장편소설 등에는 겹낫표(『 』)를, 논문·기사·단편·영화·연극·공연·회화 등에는 낫표(「 」)를 사용했다.

4 외국의 인명이나 지명, 작품명은 〈국립국어원〉에서 펴낸 '외래어 표기법'에 근거해 표기했다. 단, 중국의 인명은 신해혁명(1911년) 때 생존 여부를 기준으로 현대인과 과거인으로 구분하여 현대인은 중국어음으로, 과거인은 한자음으로 표기했으며, 중국의 지명은 구분을 두지 않고 중국어음으로 표기하는 것을 원칙으로 했다.

아침 꽃 저녁에 줍다

🦅 『아침 꽃 저녁에 줍다』(朝花夕拾)는 저자 루쉰이 1926년에 쓴 옛날을 회상하는 산문 10편을 수록하고 있다. 1928년 9월 베이징 웨이밍사(未名社)에서 초판이 출판되었는데, 저자가 편찬한 '웨이밍신집'(未名新集)의 첫번째 권이다. 1932년 9월 상하이 베이신서국(北新書局)에서 개정판이 출판되었다. 저자 생전 모두 일곱 차례 출판되었다.

머리말[1]

나는 혼란 속에서 한가롭고 조용한 틈을 찾아보려고 늘 생각하지만 그것은 정말로 쉬운 일이 아니다. 눈앞의 현실은 이렇듯 괴이하기만 하고 마음속은 이렇듯 난잡하기만 하다. 사람이 해야 할 일 중에 오로지 추억만 남아 있다면 아마도 그 생애는 무료해졌다고 해야 할 것이나, 하지만 때로는 추억마저도 없을 때가 있다. 중국에서 글을 짓는 데는 규범이 있으며, 세상일도 여전히 다람쥐 쳇바퀴 돌듯 한다. 며칠 전, 내가 중산中山대학을 떠날 적에는 넉 달 전 샤먼廈門대학을 떠나던 때의 일이 생각나더니, 지금은 머리 위에서 우르릉거리는 비행기 소리로 한 해 전 베이징北京 상공을 날마다 선회하던 비행기 생각이 되살아난다.[2] 나는 그 당시에 짧은 글을 한 편 써서 「일각」一覺[3]이라고 했다. 그런데 지금은 그 '일각' 같은 것조차도 없다.

광저우廣州의 날씨는 더위가 어찌나 일찍 시작되는지 석양이 서쪽 창문으로 기울어 들 때면 사람에게 겨우 홑옷 한 벌만 걸치게 만들어 버린다. 책상 위에는 '수횡지'⁴⁾를 심은 화분이 한 개 놓여 있다. 그것은 전에 보지도 못하던 것이다. 생나무 가지 하나를 물에 담가 놓기만 하면 거기에서 가지와 잎사귀들이 정말 사랑스러울 정도로 새파랗게 살아난다. 푸른 잎사귀들을 바라보며 묵은 원고를 편집하는 것도 일이라면 일이라고 할 수 있을 것이다. 이런 일을 하는 것은 정말로 산 나날을 죽어서 지내는 것이나 다름없지만 그래도 더위를 쫓기에는 할 만한 일이다.

그제 『들풀』의 편집을 끝마쳤으니, 이제는 『망위안』⁵⁾에 연재되고 있는 '옛 일을 다시 들추기'를 편집할 순서이다. 나는 '옛 일을 다시 들추기'라는 제목을 『아침 꽃 저녁에 줍다』朝花夕拾로 고쳤다. 물론 아침 이슬을 함초롬히 머금은 꽃을 꺾는다면 색깔도 향기도 훨씬 더 좋을 터이나, 나는 그렇게 할 수가 없다. 지금 내 마음속의 괴이하고 난잡한 생각조차 당장에 변화시켜 괴이하고 난잡한 글로 재현할 수도 없다. 혹시 훗날에 흘러가는 구름을 바라보노라면 내 눈앞에 잠깐 번뜩일지는 모를 일이지만.

한때 나는 어린 시절에 고향에서 먹던 채소와 과일, 마름 열매, 잠두콩, 줄풀 줄기, 참외 같은 것들에 대해 자주 생각하곤 했다. 이런 것들은 모두 대단히 신선하고 감칠맛 있으며, 또한 모두 고향 생각을 자아내던 유혹이었다. 그후 오랜만에 다시 먹어 보았더니 예전 같지는 않았다. 기억 속에는 지금도 지난날의 그 감칠맛이 남아 있다. 이런 것들은 아마도 한평생 나를 속여 가며 가끔 지나간 일을 돌이켜 보게 할 것이다.

이 열 편의 글은 기억 속에서 더듬어 낸 것들로서 아마도 실제 내용과는 약간 다를 수도 있겠지만, 아무튼 나는 지금 이렇게 기억하고 있을 뿐이다. 문체도 대체로 혼란스러운데, 쓰다 말다 하면서 아홉 달이나 걸렸다. 환경도 같지 않아서, 첫 두 편은 베이징의 거처 동쪽 방에서 쓴 것이고[6] 그 다음 세 편은 이리저리 피신해 다니면서 병원과 목공실에서 쓴 것이며[7] 나머지 다섯 편은 샤먼대학 도서관의 이층에서 쓴 것으로, 학자들[8]의 배척을 받아 그 무리에서 밀려 나온 뒤였다.

1927년 5월 1일

광저우 백운루에서, 루쉰

주)_____

1) 원제는 「소인」(小引). 1927년 5월 25일 베이징 『망위안』(莽原) 반월간 제2권 제10기에 처음 발표되었다.

2) 1926년 4월, 펑위샹(馮玉祥)의 국민군과 펑톈파(奉天派) 군벌 장쭤린(張作霖), 리징린(李景林) 군대가 전쟁을 했던 기간에 국민군은 베이징을 지키기 위해 머물렀고, 펑톈파 군대의 비행기가 여러 차례 날아와서 폭격을 했다.

3) 『들풀』(野草)에 수록된 산문시.

4) 수횡지(水橫枝). 일종의 분재. 광저우 등 남방의 따뜻한 지역에서는 치자나무의 가지를 꺾어 물화분에 심어 놓는데, 초록색 잎이 자라며 관상할 수가 있다.

5) 『망위안』(莽原). 문예잡지로 루쉰이 편집했다. 1925년 4월 24일 베이징에서 창간되었다. 처음에는 주간으로 『징바오』(京報)의 부간으로 발행되었으나 같은 해 11월 27일 제32기를 출간하고 휴간하였다. 1926년 1월 10일에 반월간으로 바꾸어서 웨이밍사(未名社)에서 출판되었다. 1926년 8월 루쉰이 베이징을 떠난 후에는 웨이쑤위안(韋

素園)이 편집을 맡았다. 1927년 12월 25일 제48기를 출판하고 정간하였다.

6) 저자의 베이징 푸청먼(阜成門) 내 서삼조 골목 21호의 거처를 지칭한다. 현재 루쉰박물관의 일부분이다.

7) 1926년 3·18 참사 후 베이양정부가 당시 루쉰을 비롯한 베이징의 문화교육계 인사 50명(『이이집』而已集 「50명을 하나하나 들추어내다」大衍發微 참고)을 체포하려 했기 때문에, 작가는 그때부터 야마모토 병원, 독일 병원, 프랑스 병원 등으로 피신했다. 독일 병원으로 피신했을 때 병동이 모두 차서 루쉰은 그 병원에서 창고 겸 목공실로 쓰는 방에 피신해 있었다.

8) 당시 샤먼대학에서 교편을 잡고 있던 구제강(顧頡剛) 등을 지칭한다.

개·고양이·쥐[1]

지난해부터 내가 고양이를 미워한다고 하는 다른 사람들의 말을 들은
듯하다. 그 근거는 물론 나의 「토끼와 고양이」[2]라는 글이다. 이 글은
자화상임을 자인할 수밖에 없으니 구태여 변명할 것도 없고, ——또한
그렇다 해도 전혀 개의치 않았다. 그런데 올해가 되어 나는 도리어 약
간 근심이 생겼다. 나는 항상 필묵 다루기를 면치 못하는 처지인지라
무엇을 좀 써서 찍어 내기만 하면, 어떤 이들의 가려운 데를 긁어 준
적은 늘상 적고 아픈 데를 건드릴 때가 더 많았다. 만일 신중하지 못하
여 명인이나 명교수들[3]의 노여움을 사든가 그보다 더 나아가서 '청년
들에 대한 지도적 책임을 진 선배'[4] 무리들의 노여움을 사든가 하면
위험은 최고에 이르게 된다. 어째서 그런가? 그것은 그런 큰 인물들은
'건드리기 만만치 않기'[5] 때문이다. 왜 '건드리기 만만치 않은'가? 그
것은 아마 그들이 온몸에 열이 오른 뒤[6] 신문에 편지를 보내, "자, 보
라! 개는 고양이를 미워하지 않는가? 그런데 루쉰 선생은 고양이를

미워한다고 자인하면서도 또 '물에 빠진 개'는 패 버려야 한다고 말한다!'고 널리 광고할 수 있기 때문이다. 그 '논리'의 심오함은 나의 말을 빌려 내가 개라는 것을 반증하려는 데 있다. 그렇게 되면 평범했던 말들이 전부 뒤집혀져 설사 내가 이이는 사, 삼삼은 구라고 해도 틀리지 않는 것이 하나도 없게 된다. 이런 것이 다 틀렸으니, 신사들의 입에서 튀어나오는 이이는 칠, 삼삼은 천이라 하는 말들이 옳을 수밖에 없는 것이다.

그래서 나는 틈틈이 혹은 유심히 개와 고양이가 원수진 '동기'를 고찰해 보았다. 이것은 현재의 학자들이 동기로써 작품의 좋고 나쁨을 평가하는[7] 그런 유행을 감히 배우고자 하는 망동은 아니고, 그저 내 자신이 미리 누명을 벗어 버리고자 할 따름이다.

생각건대, 동물심리학자들에게 있어서 이것은 별로 힘든 일이 아니겠지만 유감스럽게도 나에게는 이런 학문이 없다. 나중에 나는 덴하르트 박사(Dr. O. Dähnhardt)[8]의 『자연사의 국민동화』란 책에서 비로소 그 원인이라 할 수 있는 것을 찾아내었다. 그 책에 의하면 연유는 다음과 같다.

동물들이 중요한 일을 의논하기 위하여 회의를 열었는데 새와 물고기, 야수들은 다 모였으나 코끼리만 오지 않았다. 회의에서 누군가를 파견해서 코끼리를 맞이하도록 결정했는데, 제비뽑기를 한 결과 심부름을 가게 된 것은 개였다. "내가 어떻게 그 코끼리를 찾을 수 있겠소? 난 코끼리를 본 적이 없고, 또 알지도 못하는데." 개가 물었다. 여러 짐승들이 대답하였다. "그거야 쉬운 일이지. 코끼리는 낙타처럼 등이 구부정해." 개는 출발했다. 가다가 길에서 고양이를 만났다. 활처럼 등을 구부린 고양이를 보고 개는 즉시 고양이에게 함께 돌아가기를 청했다. 등이 활처럼 굽은 고양이를 모든 짐승들에게 소개했다. "코끼리가 여기 있소!" 그러나 여러 짐승들은 모두 개를 비웃었다. 이때부터 개와 고양이는 원수가 되었다.

게르만인[9]이 산림 속에서 나온 지 그리 오래되지는 않으나 학문과 문학예술은 그야말로 대단한 것이어서 책의 제본에서부터 장난감의 정교함에 이르기까지 어느 하나 사람들의 환심을 끌지 않는 것이 없다. 그런데 유독 이 동화만은 정말로 졸렬하여 서로 원수가 된 까닭도 재미가 없다. 고양이가 등을 구부린 것은 속이기 위해서 일부러 으스대노라고 그런 것은 결코 아니다. 그 허물은 오히려 개에게 식견이 없는 데 있다. 하기야 이것도 원인이라면 원인이라고 할 수는 있을 것이다. 그러나 내가 고양이를 미워하는 이유는 이와는 전혀 다르다.

하긴 사람과 짐승을 그렇게까지 엄격하게 구분할 필요는 없다. 동물계는 옛사람들이 상상한 것처럼 그렇게 편안하고 자유로운 것은 아니지만 군소리나 가식적 행동은 어떻든 인간세상보다 적다. 그들은 본성대로 살아가며 옳은 것은 옳고 그른 것은 그르다고 하며 변명 같은 것은 한마디도 하지 않는다. 벌레나 구더기는 아마 더럽다고 할 수 있을 것이다. 그러나 그들은 스스로 자기들이 고결하다고 하지는 않는다. 사나운 날짐승이나 맹수들은 약한 동물들을 먹이로 삼기 때문에 잔인하다고 할 수 있을 것이다. 그러나 그들은 종래로 '공리'니 '정의'니[10] 하는 깃발을 내걸고 희생자로 하여금 잡아먹히는 순간에 이

르기까지 그냥 그들에게 존경과 찬탄을 보내게 하지는 않는다. 사람
은 어떤가? 두 발로 곧추설 수 있는 것은 물론 커다란 진보이며, 말을
할 수 있는 것도 역시 커다란 진보이다. 그리고 글자를 쓸 줄 알고 글
을 지을 줄 알게 된 것은 더 말할 나위도 없이 커다란 진보이다. 그러
나 이와 더불어 타락하게 되었으니 그것은 그때로부터 빈말을 하기
시작했기 때문이다. 빈말을 하는 것쯤은 그래도 안 될 게 없겠지만 심
지어는 자기의 마음에 없는 말을 하면서도 그것을 의식조차 못하고
있으니 이것은 울부짖을 줄만 아는 동물들에 대해서 실로 '낯가죽이
두꺼워도 부끄러움이 있다'[11]는 일이 아닐 수 없다. 가령 정말 모든 것
을 골고루 보살피는 조물주가 높이 앉아 있다면, 그도 인류의 이런 자
그마한 총명을 쓸데없는 수작이라고 여길지 모른다. 그것은 마치 우
리가 만생원[12]에서 원숭이가 공중제비를 하는 것이나 코끼리가 인사
하는 것을 보고 한바탕 웃기는 하나 동시에 어쩐지 마음이 개운치 않
고 서글퍼지면서 그런 쓸데없는 총명은 차라리 없느니만 못하다고 생
각하는 것과 같다. 그러나 이미 사람이 된 이상 하는 수 없이 "의견이
같으면 무리가 되고 의견이 다르면 정벌할 수"[13]밖에 없으니, 사람들
이 하는 말을 본떠서 세속대로 말할 수밖에 ── 변명할 수밖에 없는
것이다.

　이제는 내가 고양이를 미워하게 된 원인을 말하더라도 그 이유
가 충분하며 공명정대하다고 생각한다. 첫째로, 고양이란 놈은 성미
가 다른 맹수들과 달라서 새나 쥐들을 잡아먹을 때엔 언제나 한 번에
물어죽이지 않고 잡았다가는 놓아주고 놓았다가는 다시 덮치곤 하면

서 싫증이 날 때까지 실컷 희롱한 다음에야 먹어 버린다. 그것은 남의 불행을 보고 기뻐하며 약자들을 두고두고 못살게 구는 사람들의 악습과 퍽이나 비슷하다. 둘째로, 고양이는 사자나 범과 한 족속이 아닌가? 그런데도 이처럼 교태가 심하다! 물론 아마도 타고난 천분일 것이나, 가령 그놈의 몸집이 지금보다 열배나 더 컸더라면 그때는 어떤 태도를 취했을지 도저히 모를 일이다. 그러나 이것들은 하나의 구실로, 지금 붓을 들면서 붙여 놓은 것이다. 비록 그 당시에 마음속에서 솟구친 것이 이유라고는 하지만. 좀더 믿음성이 있게 말한다면, 차라리 그놈들이 교미할 때 요란스럽게 울부짖으며 수속이 너무도 번잡하여 다른 사람들의 마음을 시끄럽게 하기 때문이라고 하는 편이 나을지 모르겠다. 밤에 책을 보거나 잠을 잘 때면 더욱 그러하다. 그럴 때면 나는 길다란 대나무 장대를 들고 가서 그놈들을 공격한다. 개들이 큰길에서 교미를 하면 흔히 한가한 사람들이 나서서 몽둥이로 그놈들을 후려갈기곤 한다. 나는 일찍이 대大브뤼헐(P. Bruegel d. Ä)의 Allegorie der Wollust라고 하는 동판화[14]를 한 장 본 적이 있는데 거기에도 그런 그림이 그려져 있는 것을 보아 이런 행동은 중국이나 외국, 옛날이나 지금이나 꼭 같다는 것을 알 수 있다. 그 집요한 오스트리아 학자 프로이트(S. Freud)[15]가 정신분석설 —— Psychoanalysis, 듣자 하니 장스자오 선생[16]은 그것을 '심해'心解라고 번역했는데 비록 간결하고 옛 맛은 있으나 알아듣기 매우 힘들다 —— 을 제창한 이래 우리의 적잖은 명인, 명교수들도 그 학설을 슬그머니 주어다 응용하게 되었으니 그런 행동들은 또 성욕문제로 귀결되지 않을 수 없게 되었다. 개를 때리는 일에 대해서는 상관할 바 없으나, 내가 고양이를 때리는 것에 대하여 말한다면 그것은 다만 그놈들이 시끄럽게 소리를 지르기 때문이지 그 밖에 다른 악의가 있어 그러는 것은 결코 아니다. 나는 나의 질투심이 그렇게까지 크지는 않다고 믿고 있다. '걸핏하면 비난받는' 오늘에 있어서 이것은 미리 밝혀 두지 않을 수 없다. 사람들을 보더라도 짝을 이루고자 한다면 그 수속이 꽤나 번거롭다. 신식에 의하면 연애편지를 적어도 한 묶음, 많으면 한 뭉치나 쓴다. 구식에 의하면 '이름을 묻고', '납채'[17]를 보내며 머리를 조아리고 절을 한다. 지난해 해창海昌 장蔣 씨가 베이징에서 혼례를 치렀는데 절을 하며 돌아다니길 꼬박 사흘이나 걸렸다. 그리고 『혼례절문』婚禮節文까지 붉은 종이에 인쇄했는데 그 '머리말'에 다음과 같이 장황히 늘어놓았다.

"마음을 가라앉히고 논한다면, 예절이라 명명된 이상 의례히 번다해야 한다. 오직 간편하기만 바란다면 어찌 예절이라 하겠는가? …… 그러므로 세상에서 예절에 뜻을 둔 사람은 마땅히 분발하여 일어나야 한다! 예절이 제대로 미치지 못하는 서민으로 물러 앉아서는 안 된다!" 그러나 나는 조금도 성을 내지 않았다. 그것은 내가 거기에 갈 필요가 없었기 때문이다. 이를 보더라도 내가 고양이를 미워하는 까닭이 실로 단순하다는 것을 알 것이다. 그것은 그놈들이 내 옆에서 시끄럽게 울부짖기 때문이다. 사람들의 여러 가지 예식에 대해서는, 국외자로 그것을 상관하지 않아도 된다면 나는 전혀 상관하지 않겠다. 그러나 내가 책을 보거나 자려고 할 때 누가 와서 연애편지를 읽어 달라거나 절을 받으라고 윽박지른다면 나는 나를 지키기 위해 역

시 대나무 장대를 들고 방어할 것이다. 그리고 평소에 별로 교제가 없
던 사람이 갑자기 "어린 여동생이 출가하오니" 또는 "어린 자식이 성
취를 하오니" "삼가 참례하시기를 바랍니다"라든가 "귀 집안 일동의
왕림을 희망합니다"라는 등의 '음험한 암시'[18]의 말들이 씌어 있는 붉
은 청첩을 보내어 나로 하여금 돈을 쓰지 않고서는 체면상 견딜 수 없
게 하는 경우에도 나는 그리 반가워하지 않는다.

　　그러나 이것은 모두 최근의 이야기이다. 다시 더 기억을 더듬어
본다면 내가 고양이를 미워하게 된 것은, 이런 이유들을 말할 수 있기
훨씬 앞서서 아마 내가 열 살 무렵이었을 것이다. 지금도 기억에 명료
하지만 그 원인은 아주 단순한 것이었다. 그것은 그놈이 쥐를 잡아먹
었기 때문에,──다시 말하면 내가 기르던 귀여운 생쥐隱鼠[19]를 잡아
먹었기 때문이었다.

　　듣자 하니 서양에서는 검은 고양이를 그리 좋아하지 않는다고
한다. 그 말이 확실한지는 알 수 없으나, 에드거 앨런 포(Edgar Allan
Poe)[20]의 소설에 나오는 검은 고양이는 아닌 게 아니라 사람들을 놀
라게 한다. 일본의 고양이들은 곧잘 요괴로 변한다고 하는데 전설에
나오는 '고양이 할미'[21]가 사람을 잡아먹는 그 참혹한 모습은 소름이
끼칠 지경이다. 중국에도 옛날엔 '고양이 귀신'[22]이란 것이 있었으나
근래는 고양이들이 둔갑한다는 소리가 별로 없는 것으로 보아 그 옛
법의 전통이 끊어지고 온순해진 듯싶다. 다만 나는 어릴 적에 아무래
도 고양이에게는 요기가 좀 있는 것같이 생각되어 그놈을 좋아하지
않았을 따름이다. 내가 어렸을 때 어느 여름날 밤이었다. 나는 큰 계수

나무 밑에 놓인 평상에 누워 바람을 쐬었고 할머니는 파초부채를 부
치며 상 옆에 앉아 나에게 수수께끼를 내기도 하고 옛말을 들려주기
도 했다. 갑자기 계수나무 위에서 바드득바드득 발톱으로 나무를 긁
는 소리가 나더니 뒤이어 한 쌍의 파란 불이 어둠 속에서 그 소리를 따
라 내려왔다. 나는 화들짝 놀랐으며 할머니도 하던 이야기를 접어 버
리고 고양이에 대해 이야기를 하는 것이었다.

　"얘야, 너 아니? 고양이는 범의 선생이었단다." 할머니는 이렇게
허두虛頭를 떼고 나서 말을 이었다. "아무렴 애들이 그걸 알 리 있겠니.
범은 본시 아무것도 할 줄 몰랐단다. 그래서 범은 고양이를 찾아와 제
자가 되었거든. 고양이는 호랑이에게 어떻게 먹이를 덮치며 어떻게
그것을 붙잡고 또 어떻게 먹어 버리는가 하는 방법을 자기가 쥐를 잡
는 것처럼 가르쳐 주었단다. 그것을 다 배우고 나자 범은 제 딴에 이젠
재간을 다 배웠으니 아무도 자기를 당할 놈이 없으리라고 생각했지.
이제는 선생인 고양이가 아직 자기보다 센데 그 고양이만 죽여 버리
면 제가 제일 강하거든. 이런 생각을 한 범은 고양이한테 와락 덮쳐들
었단다. 그런데 고양이는 벌써 범의 심보를 간파하고 있던 터라 훌쩍
몸을 날려 나무 위로 올라가지 않았겠니. 범은 그만 멀뚱멀뚱 나무 밑
에 앉아 있을 수밖에 없었지. 원래 고양이는 재간을 다 가르쳐 주지는
않았거든. 말하자면 나무에 오르는 재간은 가르치지 않은 거야."

　이 일은 천만다행이었다. 범의 성질이 매우 급했기에 다행이었
지, 그렇지 않았더라면 계수나무 위에서 범이 내려왔을 것이라고 나
는 생각했다. 어쨌든 그것은 머리끝이 쭈뼛해지는 이야기여서 나는

집 안에 들어가 자려 하였다. 어둠은 더욱 짙어졌다. 계수나무 잎새들이 살랑거리고 실바람이 솔솔 불어왔다. 돗자리도 이제 제법 식었을 테니 자리에 누워도 더워서 뒤척이지는 않을 듯했다.

지은 지 수백 년이나 되는 집 안의 어스레한 콩기름 등잔불 밑은 쥐들이 뛰노는 세계였다. 쥐들은 쪼르르 달아다니며 찍찍 소리를 내었다. 그 태도는 흔히 '명인들이나 명교수들'보다 더 늠름해 보였다. 고양이를 기르고는 있었지만 그놈은 밥이나 축냈지 아무 소용이 없었다. 할머니들은 쥐들이 궤를 쏠고 훔쳐 먹는다고 늘 야단쳤으나 나는 그것을 큰 죄로는 생각하지 않았고 나와는 상관없는 일이라고 여겼다. 더구나 그런 못된 짓은 대개 큰 쥐들의 소행이므로 내가 귀여워하는 생쥐를 탓할 수는 없다고 생각했다. 이런 자그마한 쥐들은 대체로 바닥에서 기어 다니는데 엄지손가락만 한 크기로 사람을 별로 겁내지 않았다. 우리 고장에선 그것을 '새앙쥐'라고 부르는데 천정에서만 사는 위대한 놈과는 딴 종류였다. 나의 침대 머리맡에는 그림[23] 두 장이 붙어 있었다. 한 장은 「저팔계를 데릴사위로 들이다」[24]라는 그림인데 온 종이를 거의 다 차지한 그 큰 주둥이와 축 드리운 귀는 보기에 그다지 우아하지 못했다. 또 다른 한 장은 「쥐들이 결혼을 한다」[25]는 것인데 아주 귀엽게 그려졌다. 신랑, 신부로부터 들러리, 손님, 주례에 이르기까지 모두 턱이 뾰족하고 다리가 가느다란 것이 신통하게도 서생들 같았다. 입고 있는 것은 모두들 다홍색 저고리에 초록색 바지였다. 나는 이처럼 성대한 예식을 치를 수 있는 것은 오직 내가 귀여워하는 생쥐들밖에 없으리라고 생각했다. 지금은 내가 거칠고 속되어져서 길에서 사람들의 혼례행렬을 보고서도 그것을 성교의 광고로 여길 뿐 달리 눈여겨보지 않지만 그때는 '쥐가 결혼하는' 것을 보고 싶은 마음이 어찌나 간절하였던지 해창 장씨처럼 연 사흘 밤이나 절을 한다고 해도 싫증이 날 것 같지 않았다. 정월 열나흗날 밤 나는 쥐들의 혼례행렬이 침대 밑에서 나오기를 기다리느라고 잠들 생각을 못 하고 있었다. 하지만 알몸인 생쥐 몇 마리가 땅바닥에서 기어 다닐 뿐 혼례를 치를 것 같지는 않았다. 나는 기다리다 못해 불만을 품고 잠이 들고 말았다. 그러다가 눈을 번쩍 떠보니 어느새 날이 밝아 보름 명절[26]이 되었다. 아마 쥐들은 잔치할 때 청첩을 보내서 예물을 거두어들이지도 않거니와 정식으로 '참례'하는 것도 절대 환영하지 않는 모양이다. 이것은 그들의 재래 습관이므로 항의할 도리가 없겠다고 나는 생각했다.

사실 쥐들의 강적은 고양이가 아니다. 봄이 되면 쥐들이 '찌-익! 찌찌찌-익!' 하고 우는 소리가 들린다. 사람들은 그것을 '쥐가 동전을 세는 것'이라고 하지만 기실은 그들에게 도살자가 나타났다는 것을 의미한다. 그것은 공포에 질린 절망적인 비명으로서 고양이를 만났을 때에도 그런 소리는 지르지 않는다. 고양이도 물론 무섭긴 할 것이다. 그러나 쥐들이 자그마한 구멍 속으로 숨기만 하면 고양이도 어쩔 수 없으므로 목숨을 살릴 기회는 얼마든지 있다. 그런데 오직 무서운 도살자——뱀만은 몸뚱이가 가늘고 길며 몸의 굵기가 쥐와 거의 비슷하므로 쥐가 갈 수 있는 곳이면 그놈도 갈 수 있고 게다가 뒤쫓는 시간도 유달리 길어 도저히 피할 수가 없다. 쥐들이 그렇게 '동전을 세게' 될 때면 대체로 그들이 더 이상 어쩔 수 없게 된 때이다.

한번은 어느 빈 방에서 이런 '동전을 세는' 소리가 들려왔다. 문을 열고 들어가 보니 대들보에 뱀 한 마리가 도사리고 있었고 땅바닥에는 생쥐 한 마리가 쓰러진 채 입 주변에 피를 흘리며 양 옆구리를 할딱거리고 있었다. 그 생쥐를 가져다 종이 갑 안에 뉘어 놓았다. 반나절쯤 지나 생쥐는 소생되어 먹이를 조금씩 먹고 걸어 다니기 시작했으며 이튿날에는 완전히 원기를 회복한 듯했다. 하지만 그놈은 도망칠 생각은 하지 않았다. 땅바닥에 내려놓아도 가끔 사람들 앞으로 쪼르르 달려와선 다리를 타고 무릎까지 기어 올라왔다. 식탁 위에 올려놓으면 반찬찌꺼기들을 주어먹고 그릇 언저리를 핥았으며 내 책상 위에 올려놓으면 주저 없이 걸어 다니다가 벼루를 보고선 갈아 놓은 먹물을 핥아먹었다. 그것을 본 나는 무척 기뻤다. 나는 아버지로부터 이런 말을 들은 적이 있다. 중국에는 먹물 원숭이라는 것이 있는데 크기는 엄지손가락만 하고 온몸에는 새까맣고 반지르르한 털이 나 있다고 한다. 그놈은 필통 안에서 자다가 먹을 가는 소리가 나기만 하면 곧 뛰어나와서는 사람이 글씨를 다 쓰고 붓 뚜껑을 닫아 놓기를 기다렸다가 벼루에 남은 먹물을 말끔히 핥아먹고 도로 필통 안으로 뛰어 들어간다는 것이었다. 나는 이런 먹물원숭이를 한 마리 얻을 생각이 간절했으나 도저히 구할 수가 없었다. 그런 원숭이가 어디에 있으며 어디 가면 살 수 있는가를 물어보았으나 아는 사람이 없었다. 그래서 비록 이 생쥐는 내가 글씨를 다 쓸 때까지 기다리지도 않고 먹물을 핥아먹기는 하지만, 마음을 위로하기에는 없는 것보다는 낫다[27]는 생각에서 그런대로 나의 먹물원숭이로 삼았던 것이다.

지금은 이미 기억이 불확실하지만 아마도 생쥐를 기른 지 한두 달쯤 지났을 때였던 것 같다. 어느 날 나는 느닷없이 적적한 생각이 들었다. 말하자면 '무엇인가 잃어버린 듯한' 감이 들었다. 나의 생쥐는 책상 위나 땅 위를 돌아다니며 늘 내 눈앞에서 떠나질 않았다. 그러던 것이 이날따라 반나절이나 눈에 뜨이지 않았다. 여느 때 같으면 점심 무렵이면 어김없이 나타났으련만 오늘은 모두들 점심을 치르고 난 뒤에도 나타나지 않았다. 나는 반나절을 더 기다려 보았으나 생쥐는 여전히 나타나질 않았다.

이전부터 줄곧 나의 시중을 들어주던 키다리 어멈은 내가 기다리는 것이 너무도 애처로워 보였던지 조용히 나한테 다가와서 한마디 일러 주었다. 그녀의 말을 듣고 나는 그만 분하기도 하고 슬프기도 하여 고양이를 원수로 치부하게 되었다. 어멈의 말인즉 생쥐를 어제 저녁에 고양이가 잡아먹었다는 것이다.

나는 내가 귀여워하는 것을 잃어버리고 가슴속이 허전해지자 복수의 악의로 그것을 메워 버리려 하였다.

나의 복수는 우리 집에서 기르는 얼룩 고양이로부터 시작되었는데 점차 범위가 넓어져 종당에는 나의 눈에 뜨이는 모든 고양이들한테까지 미치게 되었다. 처음에는 그저 그놈들을 쫓아가서 때리는 정도였지만 나중엔 그 수단이 더욱더 교묘해져서 돌팔매질로 대가리를 맞추거나 빈 방으로 끌어들여 너부러지도록 패주는 데까지 이르렀다. 이러한 전투는 퍽이나 오래 계속되어서 그후부터 고양이들은 내 곁에 가까이 오지를 못했다. 하지만 아무리 그놈들과의 전투에서 본때 있게 승리했다 할지라도 그 때문에 내가 영웅으로 간주되지는 않았다. 중국에는 일생 동안 고양이와 싸운 사람이 많지 않을 것이므로 그 모든 전략과 전과들에 대해선 죄다 생략해 버리겠다.

그러나 오랜 시간이 지난 뒤, 아마 반년은 지났을 때에 나는 우연히 뜻밖의 소식을 들었다. 사실 그 생쥐는 고양이한테 죽은 것이 아니라 키다리 어멈의 다리를 타고 올라가려다가 밟혀 죽었다는 것이었다.

이것은 확실히 전에는 상상도 못했던 일이었다. 지금 나는 그 당시 나의 감상이 어떠했는지 잘 생각나지 않는다. 하지만 고양이와는 끝까지 감정이 융화되지 못했다. 게다가 베이징에 온 후로는 고양이가 토끼의 새끼들을 해쳤으므로 지난날의 증오심에다 새로운 혐오감까지 겹치게 되어 그놈들한테 더욱더 지독한 수단을 쓰게 되었다. 이로 인해 내가 '고양이를 미워한다'는 소문도 퍼져 나갔다. 그러나 오늘에 와서는 이러한 것들은 모두 지나간 일이다. 지금 나는 태도를 고쳐 고양이에게 겸손하게 대하게 되었고, 부득이한 경우에도 그저 쫓아버릴 뿐 절대로 때리지 않는다. 죽이는 일은 더구나 없다. 이것은 최근 몇 해 동안의 나의 진보이다. 경험이 쌓여 감에 따라 나는 크게 깨달은 바가 있었다. 고양이가 고기를 훔쳐 먹었다거나 병아리를 물어 갔다거나 깊은 밤에 요란스럽게 울어 댈 때면 사람들은 열에 아홉은 자연히 고양이를 미워하게 된다. 그러나 내가 만일 사람들의 그 미움을 덜어 주기 위해 고양이를 때리거나 죽이려 한다면 고양이는 바로 불쌍한 것이 되어 버리고 그 대신 그 미움이 나에게 쏠리는 것이다. 그러므로 오늘날 내가 취하는 방법은 고양이들이 소란을 피워 사람들의 미움을 살 때면 몸소 문 앞에 나서서 "쉬! 물러가!" 하고 소리를 질러 쫓아 버리는 것이다. 그러고는 좀 조용해진 뒤에 서재로 되돌아 들어간다. 이렇게 하면 외부의 침해를 막고 자기의 집을 보호하는 자격을 길이 보존하게 되는 것이다. 하긴 이것은 중국의 관병들이 늘 쓰는 방법이다. 그들은 어쨌든 토비들을 소탕하거나 원수들을 소멸해 버리려고 하지는 않는다. 그것은 그렇게 해버리면 자기들이 중요시되지 못하거나 심지어는 쓸모가 없어 도태되어 버릴 수 있기 때문이다. 생각건대 이런 방법을 계속 널리 적용한다면 아마 나도 이른바 '청년들을 지도하는' '선배'가 될 가망이 있을 것이다. 하지만 나는 아직 그것을 실천에 옮길 결심을 내리지 못하고 지금은 한창 연구하고 따져 보는 과정이다.

1926년 2월 21일

주)_____

1) 원제는 「狗‧猫‧鼠」, 이 글은 1926년 3월 10일 『망위안』 반월간 제1권 제5기에 발표되었다.

2) 「토끼와 고양이」는 전집 2권 『외침』(吶喊)에 수록된 소설이다.

3) '명인이나 명교수들'은 당시 현대평론파(現代評論派)의 천시잉(陳西瀅) 등을 가리킨다. 1926년 1월 20일 『천바오 부간』(晨報副刊)에 발표된 치밍(豈明; 저우쭤런周作人의 필명)의 「한담의 한담의 한담」이라는 글에서 "베이징의 신문화‧신문학의 두 명인‧명교수가 여학생을 모욕했다"는 내용이 있었다. 같은 달 30일 천시잉이 바로 같은 부간에 「「한담의 한담의 한담」에서 인용한 몇 통의 편지」를 발표했다. 그 가운데 '치밍

에게 부치다'(致豊明)라는 편지에서 "내가 비록 신문화·신문학의 명인·명교수라 할
수 없다고 하지만, 다른 독자들과 마찬가지로 선생이 나를 그 안에 포함시켜 욕을 했
다고 하는 약간의 의심을 면할 수가 없다. 비록 정확한 논거가 없지만······"이라고
했다.

4) '청년들에 대한 지도적 책임을 진 선배'는 쉬즈모(徐志摩, 1897~1931)와 천시잉 등을
지칭한다. 당시 저자와 현대평론파 사이에 논쟁이 지속되었는데, 쉬즈모가 1926년 1
월 30일 『천바오 부간』에 「한담을 그만두고, 허튼소리를 그만두자」라는 글을 발표했
다. 그중에 쌍방을 모두 "청년들에 대한 지도적 책임을 진 선배"와 같이 지칭한 말이
있다.

5) 이것은 쉬즈모의 말이다. 1926년 1월 30일 『천바오 부간』에 쉬즈모가 천시잉을 변호
하기 위해 「아래의 통신으로 독자들에게 알리는 것에 대해」(關於下面一束通信告讀者
們)를 발표했는데, 그 글에서 "사실을 말하자면 그 역시 건드리기 만만치 않다"고 말
했다.

6) '온몸에 열이 난다'. 이는 천시잉을 풍자하는 말이다. 천시잉은 1926년 1월 30일 『천
바오 부간』에 발표한 「즈모에게 부치다」(致志摩)에서 "어젯밤 다른 문장을 쓰느라 늦
게 잤더니 오늘 약간 열이 나는 것 같다. 오늘 이 편지를 쓰고 나니 벌써 피곤하다"라
고 말했다.

7) '동기로써 작품의 좋고 나쁨을 평가하다'. 이 역시 천시잉을 겨눈 것이다. 천시잉은
『현대평론』(現代評論) 제2권 제48기(1925년 11월 7일)의 「한담」(閑談)에서 "하나의
예술품의 탄생은 순수한 창조 충동을 제외하고도 항상 다른 동기가 섞여 있는 것인
지 아닌지? 마땅히 다른 불순한 동기가 섞여야 하는지 아닌지? ······ 청년들, 그들은
매우 경건한 눈빛으로 문예미술을 감상하는데, 창조자의 동기가 순수하지 않음을
반드시 인정하려 하지 않을 것이다. 그러나 고금동서의 각종 문예 예술품을 관람하
면 우리는 그것들의 탄생 동기가 대부분 뒤섞여 있다고 말하지 않을 수 없다"라고
말했다.

8) 덴하르트(Oskar Dähnhardt, 1870~1915). 독일의 문학가, 민속학자.

9) 게르만인(Germanen). 고대 유럽 동북부의 일부 부락에 거주하던 사람의 총칭. 처음
에는 유목·수렵에 종사하다가 기원전 1세기에 정착했다. 기원 초에 동·서·북 여러
갈래로 분화되었고, 계급이 분화되면서 귀족이 출현했다. 동서 두 갈래는 4~5세기에
슬라브인 및 로마 노예 등과 연합하여 서로마 제국을 전복시켰다. 이후 그들은 로마

영토에 많은 봉건 왕국을 건립했다. 각 갈래의 게르만인은 기타 원주민과 결합해 근대 영국·독일·네덜란드·스웨덴·노르웨이·덴마크 등 민족의 조상이 되었다.

10) '공리'(公理)·'정의'(正義). 이는 천시잉 등이 즐겨 쓰던 단어이다. 1925년 11월 베이징여자사범대학에 복교한 뒤 천시잉 등은 바로 연회석상에서 이른바 '교육계 공리유지회'를 조직하여 베이양군벌을 지지하고 학생과 교육계 진보인사를 박해했다. 『화개집』(華蓋集)「'공리'의 속임수」 참조.

11) "낯가죽이 두꺼워도 부끄러움이 있다"라는 말은 『상서』(尙書)「오자지가」(五子之歌)의 "鬱陶乎予心, 顔厚有忸怩"에 나오는데, '얼굴이 비록 두꺼워도 마음속으로 부끄러워한다'는 뜻이다.

12) 만생원(萬生園). 만생원(萬牲園)이라고도 한다. 청말 설립된 동물원으로 지금 베이징 동물원의 전신이다.

13) "의견이 같으면 무리가 되고 의견이 다르면 정벌한다"는 말은 『후한서』(後漢書)「당고전서」(黨錮傳序)에 나온다. 천시잉은 『현대평론』 제3권 제53기(1925년 12월 12일)의 「한담」(閑談)에서 "중국인은 시비를 논할 것이 없다. …… 같은 무리면 무엇이든 좋고, 다른 무리면 무엇이든 나쁘다"고 말한 바 있다.

14) 피터르 브뤼헐(Pieter Brueghel de Oude, 1525~1569). 유럽 문예부흥 시기 네덜란드 플랑드르의 풍자화가이다. Allegorie der Wollust는 「정욕의 비유」이다.

15) 프로이트(Sigmund Freud, 1856~1939)는 오스트리아 심리학자로 정신분석학의 창립자이다. 그는 문학·예술·철학·종교 등 일체의 정신현상이 모두 사람들이 억압을 받아서 잠재의식 안에 숨겨진 모종의 생명력(Libido), 특히 성욕의 잠재력에 의해 생겨난 것으로 인식했다.

16) 장스자오(章士釗, 1881~1973). 자는 행엄(行嚴)이고, 후난 산화(善化; 지금의 창사) 사람이다. 일찍이 『프로이트전』(茀羅乙德敍傳)과 『심해학』(心解學)을 번역했다.

17) 옛날 혼담할 때의 의식. "이름을 물음"은 남자 측에서 매파를 통해 여자 측의 성명과 출생연월일을 묻는 일. '납채'(納采)는 여자 측에게 보내는 정혼 예물.

18) '음험한 암시'. 이 역시 천시잉의 말이다. 천시잉은 그가 여학생을 모욕하는 말을 했음을 부인하기 위해 『치밍(啓明)에게 부치다』라는 편지 안에서 "이 말은 선생께서 한 차례만 이야기한 것이 아니다. 매번 나를 비난하는 문장과 어투 속에 음험한 암시가 깔려 있는 것 같다"라고 말했다.

19) 은서(隱鼠)는 생쥐로 쥐 종류 중 가장 작은 종이다.

20) 에드거 앨런 포(Edgar Allen Poe, 1809~1849). 미국의 시인, 소설가. 그는 단편소설 「검은 고양이」에서 한 죄수가 스스로 말하는 이야기를 썼다. 그는 고양이 한 마리를 죽인 탓으로 신비한 검은 고양이의 핍박을 받아 살인범이 되었다.

21) '고양이 할미'. 일본 민간 전설로 한 노파가 고양이 한 마리를 길렀는데 시간이 오래 되자 요괴가 되어 노파를 잡아먹고 노파의 형상으로 변해 사람을 해쳤다고 한다.

22) '고양이 귀신'. 『북사』(北史) 「독고신전」(獨孤信傳)에 고양이 귀신이 살인을 했다 는 대목이 있다. "타성(陁性)은 부정한 짓을 좋아했다. 그 외조모 고씨(高氏)는 선대 에 고양이 귀신을 섬겼고, 시아버지 곽사라(郭沙羅)를 죽이고 그 집으로 들어갔다. …… 매번 자(子)로써 밤낮으로 제사를 지냈다. '자'라는 것은 쥐를 말한다. 그 고양 이 귀신은 매번 사람을 죽이고 죽인 사람의 집 재물을 몰래 고양이 귀신을 섬기는 집 으로 옮겼다.

23) '연화'(年畵). 정월에 실내에 붙이는 채색 목판화이다.

24) '저팔계를 데릴사위로 들이다'. 저팔계가 고씨(高氏) 집안에서 고노인의 사위로 들 어갔다는 이야기로 『서유기』(西遊記) 제18회에 보인다.

25) '쥐의 결혼'. 옛날 장시성(江西省)과 저장성(浙江省) 일대의 민간전설이다. 음력 정월 14일 한밤중은 쥐들이 결혼하는 날이다.

26) 원소절(原宵節)로 음력 정월 15일 저녁을 원소라고 하는데, 13일부터 17일까지 여 러 가지 아름다운 등을 내건다.

27) '마음을 위로하기에는 없는 것보다는 낫다'. 이 말은 진대(晉代) 도연명(陶淵明)의 시 「유자상(劉紫桑)에게 화답하다」에서 나온다. "연약한 여자가 비록 남자는 아니지만 마음을 위로하기에는 없는 것보다는 낫다."

키다리와 『산해경』 [1]

이미 말한 바 있지만 키다리長 어멈[2]은 이전부터 내 시중을 들어 왔던 여자 하인이다. 좀 점잖게 말하면 나의 보모이다. 나의 어머니를 비롯한 많은 사람들은 모두 그녀를 키다리 어멈이라 불렀는데, 여기에는 약간 공대의 뜻이 들어 있는 듯했다. 하지만 할머니만은 그녀를 키다리라고 불렀다. 나는 평소에는 그녀를 '어멈'이라고 불렀고 '키다리'란 말은 아예 쓰지도 않았다. 그러나 그녀가 미워질 때, 예를 들어 내 생쥐를 죽인 것이 그녀였다는 것을 알았을 때는 '키다리'라고 불렀다.

우리 고장에 창長이란 성은 없다. 어멈은 살갗이 누렇고 몸집이 뚱뚱하며 키가 작달막하니까 '키다리'란 것도 그녀에 대한 형용사는 아니었다. 그렇다고 또한 그녀의 이름도 아니었다. 어느 땐가 그녀는 자기의 이름을 무슨 아가씨라고 말한 적이 있었다. 그러나 무슨 아가씨라고 했는지 나는 벌써 잊어버렸다. 어쨌든 그녀의 이름이 키다리 처녀가 아니라는 것은 확실하나 결국 성이 무엇이었는지는 끝내 알아내지 못하였다. 언젠가 그녀는 나에게 자기 이름의 유래를 말해 준 적이 있었다. 아주 오래전에 우리 집에 여자 하인이 한 명 있었는데, 키가 매우 커서 그녀가 진짜 키다리 어멈이었다. 그후 그녀가 자기 집으로 돌아가게 되자 나의 그 무슨 아가씨라고 하는 여인이 들어와서 그녀를 대신하게 되었는데, 모두들 전에 부르던 이름이 입에 익었으므로 달리 고쳐 부르지 않았다. 그리하여 그녀는 그때부터 '키다리 어멈'으로 불리게 된 것이다.

뒤에서 이러쿵저러쿵 남을 시비하는 것은 좋은 일이 아니나 만약 나의 진심을 말한다면 나는 정말 그녀에 대하여 그다지 달가워하지 않았다고 말해야 한다. 제일 밉살스러운 점은 늘 재잘거리기 좋아하고 툭하면 남들과 수군덕거리는 것이었다. 게다가 그럴 때마다 집게손가락을 펴서 공중에서 아래위로 흔들거나, 상대방이나 자기의 코끝을 가리켰다. 우리 집에서 자그마한 풍파라도 일어나기만 하면 어찌된 셈인지 나는 늘 그녀의 이 '재잘거림'과 관련이 있지 않을까 하는 의심이 들었다. 그녀는 또 나를 마음대로 돌아다니지 못하게 했으며 내가 풀 한 포기를 뽑거나 돌멩이 한 개라도 뒤집어 놓으면 나를 장난꾸러기라고 하면서 어머니한테 일러바치는 것이었다. 그리고 여름이 오기만 하면 잘 적마다 '큰 대大'자로 네 활개를 쩍 벌리고 침대 복판에서 잠을 잤다. 그래서 나는 돌아누울 자리도 없이 한쪽 구석에 밀려 가 새우잠을 자야 했다. 오래 자다 보면 침대 바닥이, 뜨거워져서 후끈거렸다. 그녀는 힘껏 떠밀어도 꿈쩍하지 않았고 소리쳐 불러도 들은 척도 안 했다.

"키다리 어멈, 그렇게 몸이 뚱뚱해서야 더위가 무섭지 않나? 밤에 잠자는 꼴이 그다지 보기 좋은 건 아닌 모양이더군?"

내가 여러 번 푸념을 늘어놓자 어머니는 언젠가 그녀에게 이렇게 물어본 적이 있었다. 나도 어머니의 말뜻이 나한테 자리를 좀더 내주라는 것임을 알았다. 그녀는 말없이 잠자코 있었다. 그날 밤 더위에 깨었더니 여전히 '큰 대'자로 누워 자고 있었는데 한쪽 팔은 나의 목에 걸쳐 놓고 있었다. 이건 정말로 더 어쩔 도리가 없는 노릇이었다.

하지만 그녀는 많은 범절을 알고 있었다. 그런 범절들이란 대개 내가 질색하는 것들이었다. 한 해 가운데 가장 즐거운 때를 꼽자면 물론 섣달 그믐날 밤일 것이다. 이날 밤이면 자정이 지난 뒤에 어른들한테서 세뱃돈을 얻어 가지고 붉은 종이에 싸서 베개맡에 놓고 잔다. 하룻밤만 지나면 그 돈을 마음대로 쓸 수 있다. 그러므로 베개를 베고 누워서도 오래도록 종이 꾸러미를 보면서 내일 사들일 작은 북이며 칼과 총이며 진흙인형, 부처 모습의 사탕……들을 생각해 본다. 그런데 그녀가 들어와서 복귤[3] 한 개를 내 침대머리에 갖다놓고 자못 정중하게 말하는 것이었다.

"도련님, 명심해 두어요! 내일은 정월 초하룻날이니까 새벽에 눈을 뜨게 되면 맨 먼저 나한테 '어멈, 복 많이 받으세요!' 하는 말부터 해야 해요. 알겠어요? 이것은 일 년 신수에 관계되는 일이니까 꼭 기억해 둬야 해요. 다른 말을 해선 안 돼요! 그러고 나서 또 이 복귤을 몇 조각 자셔야 해요." 그녀는 귤을 내 눈앞에서 두어 번 흔들어 보이고는 말을 이었다.

"그러면 일 년 내내 순조로울 거예요……."

나는 꿈결에도 설날을 잊지 않고 있었으므로 이튿날 아침에는 전에 없이 일찍 깨어났다. 나는 깨어나자 일어나 앉으려고 하였다. 그러자 그녀는 얼른 팔을 뻗쳐 나를 일어나지 못하게 꾹 눌렀다. 내가 의아하게 그녀를 바라보자, 그녀가 초조한 눈길로 나를 내려다보고 있었다.

그녀는 또 무슨 요구가 있는 듯 나의 어깨를 잡아 흔들었다. 나는 간밤의 일이 얼핏 머리에 떠올랐다.

"어멈, 복 받으세요."

"아이, 고마워요. 복 받고 말고요! 모두가 복 받아야죠. 도련님은 참말 총명하셔! 복 많이 받으세요!"

그제야 그녀는 자못 기쁜 듯 히죽히죽 웃으며 무엇인가 얼음같이 찬 것을 나의 입에 밀어 넣었다. 나는 화들짝 놀랐으나 이어 그것이 이른바 복귤이란 생각을 퍼뜩 기억했다. 새해 벽두의 시달림은 이로써 끝나고 침대에서 내려가 놀 수 있게 되었다.

그녀가 나에게 가르쳐 준 도리는 또 많다. 예를 들면 사람이 죽으면 죽었다고 하는 것이 아니라, '늙어 없어졌다'고 해야 하며, 초상난 집이나 해산한 집에는 들어가지 말아야 하며, 땅에 떨어진 밥알은 꼭 주어야 하되 가장 좋기는 그것을 먹어 버리는 것이며, 바지를 널어 말리는 대나무 장대 밑으로는 절대로 지나다니지 말아야 한다는 등과 같은 것들이었다……. 이 밖에도 많았지만 이젠 다 잊어버리고 그나마 똑똑히 남아 있는 것은 설날의 그 괴상한 의식뿐이다. 한마디로 말해서 그런 것들은 모두 어떻게나 번거로운지 지금 생각해도 번잡하기 그지없는 일들이었다.

하지만 한때 나는 그녀에게 전에 없는 존경심을 가진 적이 있었다. 그녀는 늘 '장발적'長髮賊에 대한 이야기를 나한테 들려주곤 하였다. 그녀가 말하는 '장발적'에는 홍수전[4]의 군대뿐만 아니라 그후의 토비들이나 강도들까지도 죄다 포함되어 있었다. 그러나 혁명당만은 그 속에 포함되지 않았다. 그때에 아직 혁명당이란 것이 없었으니까. 그녀의 말에 의하면 장발적은 아주 무서우며 그들이 하는 말은 알아들을 수 없다는 것이었다. 언젠가 장발적이 성안으로 들어오게 되었는데 우리 집에서는 모두 바닷가로 피난 가고 문지기와 늙은 식모만 남아서 집을 지켰다고 한다. 나중에 장발적들이 정말로 집 안으로 뛰어들었는데 할멈은 그들을 '대왕님'이라고 부르면서——듣건대 장발적에 대해서는 꼭 그렇게 불러야 했다는 것이다——굶주리고 있는 자기의 신세를 하소연했다는 것이다. 그러자 장발적은 히죽이 웃으면서 "옛다, 그럼 이거나 먹어라!" 하고 무엇인가 둥글둥글한 것을 휙 던져주는데 보니 그건 머리채까지 그대로 달려 있는 문지기의 머리였다는 것이다. 그때 겁을 먹은 식모는 그후 그 말만 나와도 얼굴색이 흙빛으로 변해 가지고는 자기의 가슴을 두드리며 "어이구, 끔찍이도 무서워, 무서워 죽겠어……" 하고 중얼거렸다는 것이다.

하지만 나는 그 말을 듣고도 별로 겁내지 않았다. 왜냐하면 나는 문지기가 아니므로 그런 일과는 아무런 상관도 없었기 때문이었다. 그녀는 곧 이런 태도를 눈치챘는지 이렇게 말하였다.

"장발적들은 도련님 같은 어린애들도 붙잡아 가요. 붙잡아다간 꼬맹이 장발적으로 만든단 말이에요. 그리고 예쁜 처녀들도 붙잡아 가요."

"그럼 어멈은 괜찮겠네."

나는 그녀가 제일 안전하리라고 생각했다. 문지기도 아니고, 어린아이도 아니며, 생김새도 못생긴 데다 목에는 숱한 뜸자리까지 있었기 때문이다.

"원, 당치 않은 말씀을!" 그녀는 엄숙히 말했다. "우리라고 쓸데없는 줄 아나요? 우리 같은 것들도 붙들어 가요. 성 밖에서 군사들이 쳐들어올 때면 장발적들은 우리더러 바지를 벗게 하고는 성 위에 쭉 늘어 세워놓는단 말이에요. 그러면 성 밖에서 대포를 쏘지 못하니까요. 그래도 쏘려고 하면 대포가 터지고 말아요!"

그것은 실로 생각 밖의 일이어서 놀라지 않을 수 없었다. 여태껏 그녀의 머릿속에는 번잡한 예절밖에 없다고 생각해 온 나는 그녀에게 이렇듯 위대한 신통력이 있을 줄은 몰랐다. 이때부터 나는 그녀에게 각별한 존경심을 가지게 되었으며 그녀를 헤아리기 어려운 인물처럼 생각하게 되었다. 그러고 보니 그녀가 밤에 네 활개를 쩍 벌리고 온 침대를 다 차지하는 것도 이해가 되었고 나로서는 마땅히 자리를 비켜주어야 했다.

이런 존경심은 그후 차츰 없어지기는 하였지만 완전히 없어진 것은 아마도 그녀가 나의 생쥐를 죽였다는 사실을 알게 된 뒤부터인 것 같다. 그때 나는 그녀에게 사정없이 따지고 들었으며 맞대 놓고 '키다리'라고 불렀다. 나는 내가 진짜 꼬마 장발적이 되는 것도 아니고, 성을 들이치러 가는 것도 아니며, 대포를 쏘려는 것도 아니니까 대포가 터질까 봐 걱정할 것도 없으니 그녀를 두려워할 게 없다고 생각했다.

내가 생쥐를 애도하며 생쥐를 위하여 복수를 벼르고 있을 그 무렵에 나는 또 삽화가 실린 『산해경』[5]을 몹시 부러워하고 있었다. 그 부러움은 촌수가 먼 친척 할아버지[6]로 인해 생기게 되었다. 그는 몸집이 뚱뚱하고 마음씨가 너그러운 노인이었는데 화초 가꾸기를 즐겼다. 이를테면 주란이나 모리화 같은 꽃도 길렀고 북쪽지방에서 가져왔다는 아주 보기 드문 자귀꽃 같은 것도 가꾸었다. 그러나 그의 부인은 영감과 달라 꽤 괴상한 사람이었다. 어느 땐가 한번은 옷을 말리는 대장대를 주란 꽃가지에 걸쳐 놓다가 꽃가지가 부러지니 도리어 제 편에서 화를 내며 "에잇, 망할 것!" 하고 욕을 퍼붓는 것이었다. 그 할아버지는 고독한 사람이었다. 그는 말동무가 별로 없었으므로 아이들과 상종하기를 무척 즐겼으며 때로는 우리를 '꼬마 친구들'이라고까지 불러 주었다. 그는 한데 모여 사는 우리 친족들 가운데서 책을 제일 많이 가지고 있었고 또한 그 책들은 모두 유별난 것들이었다. 제예나 시첩시[7]는 말할 것도 없거니와 육기의 『모시초목조수충어소』[8]도 그의 서재에서만 볼 수 있었다. 그리고 이 밖에도 이름이 생소한 책들이 많이 있었다. 그때 내가 가장 즐겨본 것은 『화경』[9]이었는데 그 책에는 삽화가 많았다. 그의 말에 의하면 전에는 삽화가 든 『산해경』도 있었는데 거기에는 사람의 얼굴을 한 짐승, 대가리가 아홉 개인 뱀, 세 발 가진 새, 날개 돋친 사람, 젖꼭지로 눈을 대신하는 대가리 없는 괴물……들이 그려져 있었다는 것이었다. 그런데 유감스럽게도 지금은 그 책을 어디다 두었는지 알 수 없다는 것이었다.

나는 그런 그림들이 무척 보고 싶었다. 하지만 그에게 그 책을 찾아달라고 조르기가 미안했다. 그는 좀 데면데면한 사람이었기 때문이다. 그래서 다른 사람들에게 물어보면 다른 사람들은 아무도 바로 대답해 주질 않았다. 세뱃돈 받은 것이 아직 몇백 닢 남아 있어서 그것으로 사려고 해도 기회가 없었다. 책 파는 거리는 우리 집에서 아주 멀리 떨어져 있었으므로 나는 일 년 중에 정월에나 한 번씩 가서 놀 수가 있었다. 하지만 그때는 두 집밖에 없는 책방은 문들이 꼭꼭 닫혀져 있곤 하였다.

놀이에 팔려 있을 때는 아무렇지 않았지만 자리에 앉기만 하면 나는 이내 삽화가 든 『산해경』 생각이 났다.

내가 너무도 지나쳐서 자나깨나 잊지 않고 생각하자 나중에는 키다리 어멈까지도 『산해경』이란 어떤 것인가 하고 물어보게 되었다. 이 일을 나는 여태껏 그녀에게 말한 적이 없었는데, 나는 학자가 아닌 그녀에게 그런 말을 해보았자 아무런 소용도 없을 줄로 알고 있었기 때문이다. 하지만 그녀가 직접 물어보는 이상 그녀에게 말해 주었다.

그후 열흘 남짓이 지났을까 아니면 한 달쯤 지났을까 할 때였다. 지금도 나는 그때 일이 기억에 생생하다. 휴가를 얻어 집에 갔던 그녀가 사오일이 지나 돌아왔다. 새로운 남색 무명 적삼을 입은 그녀는 나를 보자마자 책 꾸러미 하나를 내밀며 신이 나서 말하는 것이었다.

"도련님, 이게 그림이 들어 있는 『삼형경』三哼經[10]이에요. 내가 도

런님을 드리려고 사 왔어요!"

나는 청천벽력을 맞은 듯 온몸이 떨려 왔다. 그러고는 얼른 다가가 그 종이 꾸러미를 받아 들고 펼쳐 보니 그것은 소책자 네 권이었다. 책장을 대충 펼쳐 보니 정말로 사람의 얼굴을 한 야수며 대가리가 아홉 개인 뱀…… 같은 것들이 정말 있었다.

이 일은 나에게 새로운 존경심을 불러일으켰다. 남들이 하려 하지 않는 일이거나 할 수 없는 일들을 그녀는 성공했던 것이다. 그녀에게는 확실히 위대한 신통력이 있었다. 생쥐를 죽여 버린 일로 생겼던 원한은 이때부터 깡그리 사라져 버렸다.

이 네 권의 책은 내가 제일 처음으로 얻은, 보배처럼 가장 소중히 여기던 책이었다.

그 책의 모양은 오늘까지도 나의 눈에 선하다. 그런데 눈앞에 선한 그 모양을 놓고 말하면 아닌 게 아니라 각판이나 인쇄가 조잡하기 짝이 없는 책이었다. 종이가 누렇게 절었고 그림들도 매우 졸렬하였다. 거의가 다 직선들로 그려졌는데 심지어는 동물들의 눈까지도 장방형으로 되어 있었다. 비록 그렇기는 하지만 어쨌든 그것은 내가 가장 귀중히 여기던 책이었다. 펼쳐 보면 거기엔 확실히 사람의 얼굴을 한 짐승, 대가리가 아홉 개인 뱀, 외발 가진 소, 자루 모양으로 생긴 제강,[11] 대가리는 없고 '젖꼭지로 눈을 대신하고 배꼽으로 입을 대신'하고 손에 '도끼와 방패를 들고 춤을 추는' 형천[12]이 있었다.

그후부터 나는 더욱 극성스레 삽화가 든 책들을 수집했다. 그리하여 석판본으로 된 『이아음도』와 『모시품물도고』[13] 그리고 『점석재총화』와 『시화방』¹⁴⁾과 같은 책들을 지니고 있게 되었다. 이 밖에 또 『산해경』도 석판본으로 된 것을 한 질 샀는데 권마다 그림이 있었다. 푸른색 그림에 붉은색 글씨로 된 그 책은 목각본보다 훨씬 정교하였다. 이 책은 재작년까지만 해도 나한테 있었다. 그것은 학의행¹⁵⁾이 주를 단 축소판이었다. 그 목각본은 언제 잃어버렸는지 기억하지 못하겠다.

나의 보모인 키다리 어멈이 세상을 떠난 지도 어언 30년은 되는 것 같다. 나는 그녀의 성명과 경력을 끝내 알지 못하고 말았다. 내가 알고 있는 것이라면 그녀에게 양아들이 하나 있다는 것과 그녀가 고독한 청상과부인 것 같다는 그것뿐이다.

아, 너그럽고 캄캄한 어머니 대지여, 그대의 품에서 그녀의 넋이 고이 잠들게 해주소서!

3월 10일

주)_____

1) 원제는 「阿長與『山海經』」, 이 글은 1926년 3월 25일 『망위안』 반월간 제1권 제6기에 발표되었다.

2) 키다리 어멈. 사오싱(紹興) 둥푸다먼러우(東浦大門婁) 사람으로 1899년(청 광서 25년) 4월에 사망했다. 남편의 성은 여(余)이다. 이 글 말미에 나와 있는 그녀의 양자는 이름이 우주(五九)로 재봉사이다.

3) 복귤. 푸젠(福建) 지방에서 나는 귤. '복'(福)자가 있어서 길상하다고 여겨 예전에 저

장, 장시 지방의 민간에서는 음력 설날 아침에 '복귤'을 먹는 풍습이 있었다.

4) 홍수전(洪秀全, 1814~1864)은 태평천국운동의 지도자이다.

5) 『산해경』(山海經). 18권으로 되어 있으며, 대략 기원전 4세기에서 기원후 2세기경의
작품이다. 내용은 중국 민간전설 중의 지리 지식이 대부분이며, 또한 상고시대에 유
전되던 많은 신화들을 보존하고 있다. 루쉰은 이를 '예전의 무속서'라고 칭했다. 『중
국소설사략』(中國小說史略) 「신화와 전설」 참조

6) 주조람(周兆藍, 1844~1898)을 가리킨다. 자는 옥전(玉田), 청말의 수재(秀才)이다.

7) 제예(制藝)와 시첩시(試帖詩). 모두 과거시험의 규정에 따른 공식적인 시와 문장이다.
제예는 '사서오경' 중의 문구를 주제로 취하여 논리를 전개한 팔고문이다. 시첩시는
대부분 고대 시인의 시구나 성어를 주제로 '부득'(賦得)이란 두 글자가 위쪽에 쓰여
있다. 운율을 제한하여 일반적으로 5언 8운이다. 여기에서 말하는 것은 당시 책방에
서 간행한 팔고문과 시첩시의 견본들이다.

8) 육기(陸璣). 자는 원각(元恪), 삼국시대 오나라 오군(吳郡: 현재의 쑤저우蘇州) 사람, 일
찍이 태자중서자를 역임했다. 『모시초목조수충어소』(毛詩草木鳥獸蟲魚疏)는 2권으
로 『모시』(毛詩)에 나오는 동물과 식물의 이름을 해석한 책이다. 『모시』는 『시경』으
로 서한(西漢) 초에 모형(毛亨)과 모장(毛萇)이 전수했기 때문에 『모시』라고 한다.

9) 『화경』(花鏡)은 『비전화경』(秘傳花鏡)으로 청대에 항저우(杭州) 사람 진호자(陳淏子)
가 썼다. 일종의 원림과 화초에 관해 서술한 책이다. 강희 27년(1688)에 인쇄되었다.
모두 6권으로 '화력신재'(花歷新栽), '과화십팔법'(課花十八法), '화목류고'(花木類考),
'등만류고'(藤蔓類考), '화초류고'(花草類考), '양금조, 수축, 인개(개린), 곤충법'(養禽
鳥, 獸畜, 鱗介, 昆蟲法)의 6장으로 나뉘어 있다.

10) 원래는 『산해경』이나 그녀가 제목을 잘못 알고 있었음을 나타낸다.

11) 제강(帝江). 『산해경』에 나오는 춤을 잘 추는 신조(神鳥). 이 책의 「서산경」(西山經)
에서는 "그 모습은 누런 색의 주머니 같고, 붉기는 단화(丹火) 같으며 여섯 개의 발
에 네 개의 날개가 있으며 혼돈으로 얼굴이 없다"고 말하고 있다.

12) 형천(刑天). 『산해경』의 신화 인물, 이 책의 「해외서경」(海外西經)에서 "형천은 황제
(黃帝)와 신의 지위를 놓고 싸우다 목이 잘려 창양산(常羊山)에 묻혔다. 그래서 가슴
에 눈이 있고 배에 입이 있으며 도끼와 방패를 들고 춤을 춘다"고 기록되어 있다.

13) 『이아음도』(爾雅音圖). 모두 3권이다. 『이아』(爾雅)는 중국 고대의 자전으로 작자는
미상이다. 대략 한나라 초기의 저작이다. 『이아음도』는 송나라 사람들이 자음을 주

석하고 삽도를 덧붙인 일종의 『이아』 판본이다. 청 가경(嘉慶) 6년(1801) 증오(曾墺)가 원나라 사람들이 모사한 송대 회화본을 번각했고, 청 광서 8년(1882) 상하이 동문서국에서 이에 근거해 석인했다.

『모시품물도고』(毛詩品物圖考)는 일본의 오카겐 호(岡元鳳)가 쓴 책으로 7권이다. 『모시』 중의 동식물 등의 도상을 그리고 간단하게 고증한 책으로 1784년(건륭 49년)에 출판되었다.

14) 『점석재총화』(点石齊叢畫). 존문각주인(尊聞閣主人)이 편찬했으며 모두 10권이다. 중국 화가 작품을 모아 놓은 일종의 화보인데, 그중에는 일본 화가의 작품도 수록되어 있다. 1885년(광서 11년)에 상하이 점석재서국에서 석인했다.

『시화방』(詩畫舫)은 화보책으로 명대 융경, 만력 연간의 화가 작품을 모아서 인쇄했다. 산수, 인물, 화조, 초충, 사우(四友), 선보(扇譜) 등 6권이 있다. 1879년(광서 5년)에 상하이 점석재서국에서 인쇄했다.

15) 학의행(郝懿行, 1757~1825). 자는 순구(恂九), 호는 난고(蘭皐), 산둥 치샤(棲霞) 사람으로 청대의 경학자이다. 가경 4년에 진사 급제하여 관직이 호부주사(戶部主事)에 이르렀다. 저서로 『이아의소』(爾雅義疏), 『산해경전소』(山海經箋疏) 및 『역설』(易說), 『춘추설략』(春秋說略)이 있다.

『24효도(孝圖)』[1]

나는 어찌되었든 동서남북 위아래로 찾아 나서서 가장 지독하고 지독하고 지독한 저주의 글을 얻어 가지고 먼저 백화문을 반대하거나 방해하는 모든 인간들부터 저주하려고 한다. 설사 사람이 죽은 뒤에도 정말 영혼이 있어 이 극악한 마음으로 인해 지옥에 떨어진다고 해도, 나는 결코 이 마음을 고쳐먹거나 후회하지 않을 것이며 어쨌든 먼저 백화문을 반대하거나 방해하는 모든 인간들에게 저주를 퍼부을 것이다.

이른바 '문학혁명'[2]이 있은 뒤에는, 어린이를 위한 책들이, 유럽이나 미국, 일본 등의 나라들에 비하면 가련하기 짝이 없지만, 그래도 그림과 이야기가 들어 있어 읽기만 하면 이해할 수 있게 되었다. 그러나 마음씨가 바르지 못한 일부 사람들이 진력을 다해 그것을 막아 어린이의 세계를 아무런 흥미도 없게 만들고 있다. 베이징에서는 지금도 늘 '마호자'馬虎子란 말로 아이들을 겁주고 있다. 그런데 그 '마호자'란 『운하개통기』[3]에 나오는, 수나라 양제가 운하를 팔 때 아이들을 삶아 죽었다는 마숙모^{麻叔謀}일 수도 있는데 정확히 쓴다면 '마호자'^{麻胡子}일 것이다. 그렇다면 그 마호자는 바로 호인⁴⁾일 것이다. 그러나 어떤 사람이든지 간에 그가 아이들을 잡아먹는 데는 반드시 한도가 있었을 것이니 어쨌든 그의 일생에 지나지 않았을 것이다. 하지만 백화문을 방해하는 자들이 끼치는 해독은 홍수나 맹수보다도 더 심하여 그 범위가 아주 넓고 시간도 매우 길다. 그것은 중국을 마호자로 변하게 하여 아이들이란 아이들은 죄다 그 뱃속에서 죽어 버리게 할 수 있다.

백화문을 해치는 자들은 다 멸망해야 한다!

이런 말에 대해 봉건사상에 빠져 있는 세도가들이나 명사들은 귀를 틀어막지 않을 수 없을 것이다. 왜냐하면 "길길이 날뛰며 만신창이가 되도록 욕을 퍼붓고, ── 그러고도 그만두려 하지 않기"⁵⁾ 때문이다. 그리고 글쟁이들 역시 욕을 할 것인데, '문장의 품격'을 크게 어겼고, 이는 즉 '인격'을 대단히 손상시킨 것이라고 생각하기 때문이다. "말이란 마음의 소리"가 아니던가?⁶⁾ 물론 '글'과 '사람'은 서로 연관된다. 인간세상이란 아주 괴상하여 교수들 가운데도 작자의 인격은 '존중하지 않으면서'도 "그의 소설은 훌륭하다고 말하지 않을 수 없는"⁷⁾ 그런 특수한 족속들이 있기는 하지만. 그러나 이런 것에 대해서 나는 일절 관여하지 않는다. 그것은 다행히 내가 아직 '상아탑'⁸⁾에 올라가지 않았으므로 별로 조심할 필요가 없기 때문이다. 만약 무의식중에 올라갔다 하더라도 얼른 굴러 내려오면 그만이다. 하지만 굴러 내려오는 도중 땅에 닿기 전에 나는 다시 한번 이렇게 부르짖으려 한다.

백화문을 해치는 자들은 다 멸망해야 한다!

나는 초등학생들이 볼품없는 『아동세계』[9] 같은 것을 손에 들고도 좋아 어쩔 줄을 모르며 읽고 있는 것을 볼 때마다, 늘 다른 나라 아동도서의 정교함을 생각하게 되고, 따라서 자연히 중국 어린이들에 대해 가련함을 느끼게 된다. 하지만 나와 나의 동창생들의 유년시절을 돌이켜 볼 때 그래도 오늘날의 어린이들은 행복하다고 여기지 않을 수 없으며, 영영 흘러가 버린 우리의 그 아름다운 시절에 대하여 슬픈 조사를 보내지 않을 수 없다. 그때 우리에겐 볼 만한 책이라고는 아무것도 없었다. 그림이 조금이라도 섞인 책을 가졌다간 서당의 훈장들, 다시 말해서 당시 '청년들을 이끄는 선배'에게 금지당하고 꾸지람을 들었으며 심지어는 손바닥을 얻어맞기까지 했다. 나의 어린 동창들은 '사람은 나면서부터 성품이 착했도다'[10]라는 것만 읽었는데 무척 따분하고 무미건조해서, 몰래 책의 첫 장을 펼치고 '문성이 높이 비치다'라는 그림의 악귀 같은 괴성[11]을 들여다보는 것으로 어린 시절의 아름다움을 동경하는 천성을 만족시킬 수밖에 없었다. 어제도 그 그림이요, 오늘도 그 그림이건만 그래도 그들의 눈에는 생기와 기쁨의 빛이 어렸다.

서당 밖에서는 그 단속이 그렇게 심하지 않았다. 그러나 이것은 어디까지나 나를 두고 하는 말이지 사람마다 다 달랐을 것이다. 그때 내가 사람들 앞에 떳떳이 내놓고 볼 수 있었던 것은 『문창제군음즐문도설』[12]과 『옥력초전』[13]이었다. 저승에서 착한 것을 표창하고 악한 것을 징벌하는 이야기를 그린 그림책이었는데 우레신과 번개신이 구름

가운데 서 있고, 온갖 잡귀신들이 땅에 가득 늘어서 있었다. 여기서는 '길길이 날뛰는 것'이 상계의 법을 어길 뿐만 아니라 말을 조금 잘못하거나 생각을 조금 그릇되게 먹어도 그 대가를 받는다. 이런 대가는 '사소한 원한'[14] 따위가 아니었다. 그곳에서는 귀신을 임금으로 하고 '공리'를 재상으로 삼고 있었으므로, 술을 따르고 무릎을 꿇고 머리를 조아리는 수작들은 하나도 소용이 없어서 그야말로 어찌할 도리가 없었다. 그러므로 중국이란 이 천지에서는 사람 구실뿐만 아니라 귀신 노릇을 하려고 해도 쉽지 않은 것이다. 하지만 저승은 그래도 이른바 '신사나으리'도 없고 '유언비어'도 없으므로 필경 이승보다는 낫다고 해야 할 것이다.

저승이 온당한 곳이라 해도 찬양할 바는 못 된다. 더구나 늘 필묵을 다루기 좋아하는 사람으로서 유언비어가 판을 치고 게다가 '언행일치'[15]를 극구 주장하는 오늘날의 중국에서는 더욱 그러하다. 여기에 거울로 삼을 만한 이야기가 있다. 들은 바에 의하면 일찍이 아르치바셰프[16]는 한 소녀의 질문에 이렇게 대답하였다고 한다.

"오직 인생의 사실 그 자체 속에서 기쁨을 찾아내는 사람만이 살아갈 수 있다. 만일 거기에서 아무것도 보지 못한다면 그들은 차라리 죽느니만 못하다."

그랬더니 미하일로프란 사람이 그에게 편지로 이렇게 비웃었다.

"……그러므로 당신이 자살로 자기의 목숨을 끝마칠 것을 나는 진심으로 권고하는 바입니다. 그렇게 하는 것이 첫째로 논리에 맞고 둘째로는 당신의 말과 행동이 어긋나지 않게 되기 때문입니다."

이런 논법은 곧 모살인 것이다. 미하일로프는 이렇게 해서 자기의 인생에서 기쁨을 찾았다. 아르치바셰프도 그저 한바탕 소란을 일으켰을 뿐 자살하지 않았다. 그후 미하일로프 선생이 어떻게 되었는지는 알 수 없으나 이런 기쁨을 잃어버렸거나 혹은 다른 그 '무엇'을 찾았을 수도 있을 것이다. 아닌 게 아니라 "이런 때 용감성은 안전한 것이며 정열은 털끝만치도 위험이 없는 것이다".

하지만 저승에 대하여 나는 이미 찬양한 만큼 이제 와서 그 말은 취소할 수 없다. 비록 그 때문에 '언행이 일치하지 못하다'는 혐의를 받을 수도 있겠지만, 염라대왕이나 그 나졸들로부터 수당금 한 푼 받은 것이 없으므로 얼마간 자기 위안은 된다. 그건 그렇다치고 아무튼 쓰던 글이나 계속 써 내려가기로 하자.

내가 본 그런 저승에 관한 그림책들은 우리 집에 그전부터 있던 책들로 내 개인 소유가 아니었다. 내가 제일 처음 얻은 그림책은 어느 손윗사람이 준 『24효도』[17]였다. 이 책은 부피가 얇디얇았는데 아래쪽에는 그림, 위쪽에는 이야기가 적혀 있었고 귀신보다 사람이 더 많았다. 게다가 이 책은 내 개인 소유였으므로 나는 무척 기뻤다. 책에 나오는 이야기들은 누구나 거의 다 알고 있는 것이었는데 글을 모르는 사람, 이를테면 키다리 어멈 같은 사람도 그림을 한 번 보고는 그 이야기를 줄줄 내리 엮을 수 있었다. 하지만 나는 기뻐하던 끝에 그만 흥이 깨지고 말았다. 그 까닭은 남에게서 스물네 가지 이야기를 다 듣고 나서 '효도'란 그렇듯 어렵다는 것을 알게 되었으며, 따라서 효자가 되려고 했던 과거의 어리석은 생각도 여지없이 깨졌기 때문이다.

과연 '사람은 나면서부터 성품이 착하였'던가? 이것은 지금 연구하고자 하는 문제가 아니다. 아직도 아리송하게나마 기억에 남아 있지만, 사실 나는 어린 시절에 조금도 불측한 마음을 가져 본 적이 없었고 부모에게도 효성을 다하려고 했다. 하지만 그땐 나이가 어리고 철이 없었으므로 '효도'란 것을 제 소견대로 해석하여 그저 '말을 듣고', '명령에 복종하며', 커서는 늙으신 부모님께 음식대접이나 잘하면 되는 것이라고 생각했다. 그런데 효자에 관한 이 교과서를 얻은 다음부터는 그런 정도로는 어림도 없으며 그보다 몇십 배, 몇백 배 더 어렵다는 것을 알게 되었다. 물론 그 가운데는「자로가 쌀을 져 오다」,[18]「황향이 베개맡에서 부채질을 하다」[19]와 같은 일들은 애만 쓰면 꽤 본받을 수 있었다. 그리고「육적이 귤을 품속에 넣다」[20]와 같은 일도 부잣집에서 나를 초청하기만 하면 어려운 일이 아니다. 그것은 "루쉰 선생은 손님으로 오셨는데 어째서 귤을 품속에 넣소?"라고 묻는다면 나는 곧 꿇어 엎드려 "예, 어머님께서 즐겨하시므로 가지고 가서 대접하려고 합니다"라고 대답하면 된다. 그러면 그 주인은 자못 탄복하게 될 것이고 따라서 효자는 떼어 놓은 당상이요 식은 죽 먹기이다. 하지만「대숲에서 울어 눈물로 대순을 돋아나게 하다」[21]는 좀 의심스럽거니와 또 나의 정성도 그처럼 천지신명을 감동시킬 것 같지는 않았다. 그런데 울어도 대순이 안 나오면 기껏해야 망신이나 당할 따름이지만,「얼음 강에 엎드려 잉어를 구하다」[22]는 생명이 위태로운 노릇이다. 우리 고향은 날씨가 따뜻하여 엄동설한에도 수면에 살얼음이 얼 뿐이다. 그러므로 아무리 가벼운 아이라도 엎드리면 틀림없이 '빠직' 소리와 함께 얼음이 내려앉으면서 잉어가 미처 오기도 전에 물속에 빠져 버리고 말 것이다. 하기야 목숨을 돌보지 않고 효성으로 신명을 감동시켜야 뜻밖의 기적이 나타날 터인데 그때 나는 아직 어렸던 관계로 그런 것까지는 알지 못했다.

그 가운데서도 제일 납득이 되지 않고 심지어는 반감까지 들게 하는 것은 「래 영감老萊子이 부모를 즐겁게 해주다」[23]와 「곽거가 아들을 묻다」[24]라는 두 이야기였다.

지금도 기억하고 있지만, 부모 앞에 누워 있는 영감과 어머니의 팔에 안겨 있는 어린애는 나에게 얼마나 서로 다른 감상을 불러일으켰던가. 그들은 둘 다 손에 '딸랑북'을 들고 있었다. 그것은 아주 깜찍하게 생긴 장난감이었는데 베이징에서는 소고라고 하였다. 아마도 방울북일 것이다. 주희[25]의 해석에 의하면 "방울북은 소고로서 양쪽에 방울이 달려 있는데 북자루를 잡고 흔들면 방울이 북에 맞아" 딸랑딸랑 소리가 난다는 것이다. 하지만 래 영감의 손에는 이런 장난감이 아니라 지팡이가 쥐어져 있어야 한다. 그림에서의 이런 꼴은 틀림없는 거짓이며 아이들에 대한 모욕이다. 나는 두 번 다시 펼쳐 보지 않았으며 일단 그 페이지에 이르면 빠르게 넘겨 버리고 다른 장을 펼쳐 보았다.

그때 가지고 있던 『24효도』는 오래전에 잃어버리고 지금 손에 있는 것은 오다 가이센[26]이란 일본 사람이 그린 책뿐이다. 이 책에도 래 영감에 대하여 "나이는 칠순이 되었으나 스스로 늙었다 아니하고 항상 알록달록한 옷을 지어 입고 부모들 곁에서 아이들 놀음을 했다.

그리고 늘 불을 떠 가지고 방 안에 들어가다가 일부러 넘어져 어린애 울음소리를 냄으로써 부모님들의 마음을 즐겁게 하였다"고 쓰여 있는 걸 봐선 이전의 책과 별로 차이가 없다. 내가 반감을 가지게 된 것은 '일부러 넘어졌다'는 대목이었다. 불측하건 효성이 있건 간에 아이들이란 모두 '일부러 꾸미는 것'을 좋아하지 않는다. 그들은 이야기를 들을 때에도 지어낸 이야기는 좋아하지 않는다. 이것은 어린이들의 심리에 대하여 조금이라도 유의하는 사람이라면 누구나 다 알 수 있는 것이다.

그러나 좀더 오래된 책을 찾아보면 이처럼 허무맹랑하지는 않았다. 사각수[27]의 『효자전』에는 다음과 같이 쓰여 있다. "래 영감은 …… 항상 물감 들인 옷을 입었고 부모들이 마실 물도 손수 방 안으로 떠 가지고 갔다. 한번은 그러다가 넘어졌는데 부모들이 그것을 보고 상심하실까 봐 그는 그대로 쓰러져 어린애 울음소리를 내었다."(『태평어람』[28] 제413권에서 인용) 이것은 오늘의 것과 비교해 볼 때 얼마간 인정人情에 가까운 듯하다. 그런데 어떻게 된 판국인지 그후의 군자들은 그것을 꼭 '일부러 꾸민 것'으로 고쳐 놓아야 속이 시원했다. 등백도가 자식을 버리고 조카를 구했다[29]는 것도 생각해 보면 그저 '버렸을' 따름일 것인데 어리석은 인간들은 기어이 그가 아들을 나무에 꽁꽁 묶어 매어 따라올 수 없게 한 다음에야 손을 뗐다고 말하는 것이다. 이것은 '진저리나는 것을 흥취로 삼는 것'과 같이 정리에 맞지 않는 것을 윤리의 기강[30]으로 삼음으로써 옛사람들을 욕되게 하고 후세의 사람들을 망쳐 버리는 것이다. 래 영감에 대한 이야기가 바로 그러한 사례의 하나이다. 도학선생[31]들이 그를 티끌 한 점 없는 완벽한 인간으로 여기고 있을 때 아이들의 마음속에선 벌써 죽은 사람이 되어 버렸다.

'딸랑북'을 가지고 노는 곽거의 아들에 대해서는 실로 동정이 갈 만했다. 어린것은 어머니의 품속에 안기어 좋다고 해죽해죽 웃고 있는데 그의 아버지는 그를 파묻으려고 구덩이를 파고 있지 않는가. 그 이야기는 다음과 같다. "한나라 시대 곽거라는 사람이 있었는데 집이 몹시 가난했다. 그에게는 세 살짜리 아들이 있었다. 곽거의 어머니는 늘 자기의 식량을 줄여 어린 손자를 먹였다. 그래서 곽거는 아내를 보고 '우리가 살림이 구차하여 어머니를 공양할 수 없는 데다 애놈이 어머니의 밥그릇에 달라붙기까지 하는구려. 차라리 이놈을 파묻어 버리는 게 어떻겠소?' 하고 말했다." 그런데 유향[32]의 『효자전』에 의하면 이와는 좀 다르다. 곽거는 집이 부자인데 가산을 전부 두 동생에게 나누어 주었으며 아이는 세 살이 아니라 금방 태어났다는 것이다. 하지만 이야기의 끝 대목은 대체로 비슷하다. "구덩이를 두 자 깊이쯤 파고 들어가자 황금이 한 솥이나 나왔는데 그 위에는 '하느님이 곽거에게 하사하시는 것이매 무릇 관리들은 가지지 말고 백성들도 빼앗지 말라!'라고 쓰여 있었다."

처음에 나는 그 아이를 대신해 손에 진땀이 났다. 그러다가 황금한 솥이 나온 다음에야 비로소 마음이 놓였다. 그러나 나는 벌써 내 자신이 효자노릇을 할 엄두를 내지 못했을 뿐만 아니라, 아버지가 효자노릇을 할까 봐 두려웠다. 그때는 우리 집 살림이 점점 기울어져 가고 있었으므로 늘 부모님께서 끼니거리 때문에 걱정하는 소리를 들었다.

게다가 할머니까지 늙으셨으니 아버지가 곽거를 본받으신다면 땅에 파묻히게 될 것은 영락없이 내가 아니겠는가? 만일 그 이야기와 조금도 다름없이 황금 한 솥이 나온다면 그건 말할 것도 없이 큰 복이겠지만, 어린 나이에도 그때는 벌써 세상에 그처럼 공교로운 일이 없다는 것을 알았던 듯하다.

지금 생각해 보면 실로 어리석기 짝이 없다. 왜냐하면 그런 일들은 이미 오래된 재미일 뿐, 원래 누구도 시행하지 않는다는 것을 알고 있기 때문이다. 오늘에 와서도 윤리의 기강을 바로잡는 글들은 자주 나오지만 신사나으리들이 알몸으로 얼음판 위에 엎드려 있거나 장군들이 차에서 내려 쌀을 지으러 가는 것은 좀처럼 볼 수 없다. 게다가 이제는 벌써 어른이 된지라, 옛 책도 몇 권 읽어 보았고 새로운 책도 몇 권 사들였다. 이를테면 『태평어람』, 『고효자전』,[33] 『인구문제』, 『산아제한』, 『20세기는 어린이들의 세계』 하는 책들을 통해 생매장에 저항할 이유를 얼마든지 찾을 수 있다. 하지만 그때는 그때고 지금은 또 지금이다. 아닌 게 아니라 그때 나는 정말 겁이 났다. 구덩이를 팠는데도 황금이 나오지 않는다면 '딸랑북'과 함께 묻혀 버리고 흙이 꽁꽁 다져질 테니 무슨 수가 있단 말인가. 나는 꼭 그렇게 되리라고는 생각하지 않았으나 어쨌든 그때부터 부모님의 가난살이 걱정을 듣게 되는 것이 무서웠고 할머니의 흰머리가 보기 두려웠으며 어쩐지 할머니가 나와 같이 살 수 없는 사람으로, 적어도 나의 생명에 방해되는 사람으로 생각되었다. 나중에 이런 심리상태가 차츰 희미해졌으나 어쨌든 그 여운은 줄곧 할머니가 세상을 떠날 때까지 남아 있었다──이것은

『24효도』를 나에게 준 그 유생儒生으로서는 도저히 예상치 못한 일일
것이다.

5월 10일

주)_____

1) 원제는 「二十四孝圖」, 이 글은 1926년 5월 25일 『망위안』 반월간 제1권 제10기에 발
   표되었다.

2) '문학혁명'이란 '5·4'시기 문언문에 반대하고 백화문을 제창하며, 구문학을 반대하고
   신문학을 제창한 운동이다. 문학혁명 문제의 토론은 1917년 『신청년』 잡지에서 초보
   적으로 전개되었다. 이 잡지는 제2권 제6기(1917년 2월) 천두슈(陳獨秀)의 '문학혁명
   론'을 발표하고 정식으로 '문학혁명' 구호를 제기했다. 5·4운동이 폭발한 이후 신문
   화혁명의 중요한 부분을 구성했다.

3) 『운하개통기』(開河記). 전기(傳奇)소설, 송대 작품. 마숙모(麻叔謀)가 수(隋) 양제의 명
   령을 받고 운하를 개통한 이야기를 기록한 것으로, 그중에 마숙모가 어린아이를 삶
   아 먹었다는 이야기가 있다.

4) 호인(胡人). 오랑캐 사람이라는 의미. 이 작품집의 「후기」 첫 단락을 보라.

5) "길길이 날뛰다" 등의 말은 천시잉이 1926년 1월 30일 『천바오』(晨報) 부간에 발표한
   「즈모에게 부치다」(致志摩)에서 루쉰을 공격한 말이다. "그는 항상 이유 없이 욕을 하
   고, …… 그러나 만일 누군가 그의 말을 조금이라도 침범한다면 그는 바로 길길이 날
   뛰며 만신창이가 되도록 욕을 퍼붓고,── 그러고도 그만두려 하지 않을 것이다."

6) "말은 마음의 소리이다". 이 말은 한대(漢代) 양웅(揚雄)의 『법언』(法言) 「문신」(問伸)
   에 "말은 마음의 소리이다"(故言, 心聲也)라고 나오는데 "언어와 문장은 사람의 사상
   적 표현이다"라는 뜻이다.

7) "그의 소설이 훌륭하다고 말하지 않을 수 없다". 천시잉이 『현대평론』 제3권 제71기
   (1926년 4월 17일)의 「한담」(閑話)에서 "나는 내가 루쉰 선생의 인격을 존경하지 않지

만 그의 소설이 좋다고 말하지 않을 수 없고, 마찬가지로 그의 소설에 감탄한다고 그
나머지 문장까지 칭찬할 수는 없다"라고 했다.

8) '상아탑'. 처음에는 프랑스 문예비평가 생트-뵈브(Charles Augustin Sainte-Beuve,
1804~1869)가 동시대의 소극적 낭만주의 시인 비니(Alfred de Vigny)를 평론한 용
어로 뒤에는 현실생활에서 이탈한 예술가의 좁은 세계를 비유하는 말로 쓰인다.

9) 『아동세계』(兒童世界). 초등학교 고학년 정도 아동의 독서용으로 제공된 주간(뒤에 반
월간으로 바뀜) 잡지. 내용은 시가, 동화, 고사, 수수께끼, 우스운 이야기와 아동 창작
등으로 나뉘고, 상하이 상우인서관(常務印書館)에서 편집·인쇄했다. 1922년 1월 창
간했다가 1937년 정간되었다.

10) "사람은 나면서부터 성품이 착했도다"(人之初性本善). 옛날 서당에서 통용되던 초급
용 독본『삼자경』(三字經)의 앞 두 구절.

11) 괴성(魁星). 모양이 '괴'(魁)자의 자형(字形)과 비슷하다. 한 손으로 붓을 잡고, 다른
한 손으로 묵을 잡고, 상반신은 앞으로 기울이고, 한 다리는 뒤로 치켜들고 있는 것
이 마치 누가 과거에 합격했는지를 붓으로 점을 찍어 정하는 모양과 같다. 옛날 서당
의 초급 독본 속표지에 괴성 모양이 인쇄되어 있다.

12) 『문창제군음즐문도설』(文昌帝君陰騭文圖說). 미신 전설에 의하면 진대(晉代) 쓰촨
(四川) 사람 장아자(張亞子)가 죽은 뒤 인간의 공명과 복의 기록을 관장하는 신이 되
었는데, 문창제군(文昌帝君)이라 한다. 『음즐문도설』(陰騭文圖說)은 전하는 바에 의
하면 장아자가 지은 것으로 인과응보의 미신사상을 선전하는 화집(畫集)이다. 음즐
(陰騭)은 음덕(陰德)이다.

13) 『옥력초전』(玉歷鈔傳). 정식 명칭은 『옥력지보초전』(玉歷至寶鈔傳)으로 미신을 선전
하는 책이다. 표제는 송대(宋代) "담치(淡痴) 도인이 꿈속에서 구원을 얻었으니, 제
자는 미혹되지 말고 도인의 초록을 세상에 전하라"고 일컫고 있다. 서문에는 "지장
왕(地藏王)과 십전염군(十殿閻君)이 지옥의 참혹함을 딱하게 여겨 천제(天帝)에게
주청하고 『옥력』(玉歷)을 전해 세상 사람을 깨우치게 하는 것이다"라고 되어 있다.
모두 8장으로, 제2장 「옥력의 도상(圖像)」에는 바로 이른바 십전염왕(十殿閻王), 지
옥윤회(地獄輪回) 등의 도상이 있다.

14) '애비지원'(睚眦之怨). '사소한 원한'이라는 말로, 『사기』(史記) 「범저전」(范睢傳)의
"한술 밥의 덕이라도 반드시 갚고, 사소한 원한이라도 반드시 갚는다"(一飯之德必
償, 睚眦之怨必報)에 나온다. 천시잉이 『현대평론』 제3권 제70기(1926년 4월 10일)

에 「양더췬 여사 사건」(楊德群女士事件)이란 글을 발표해 여자사범대학 학생 레이위(雷楡) 등 5인이 양더췬을 위해 변호하는 편지에 회답했다. 그 가운데서 은밀하게 루쉰을 가리켜 "그로 인해서 '양(楊) 여사가 그다지 가려고 하지 않았다'라는 한마디 말 때문에, 일부 사람들이 많은 문장 속에서 나의 죄상을 나무라는 것은 집권 정부의 호위대보다 더 크고 군벌보다 더 흉악하다! …… 좋다. 내가 일찍이 한 번 화가 났을 때 일부 사람들의 진면목을 들추어낸 적이 있다. 그러나 설마 4, 50명의 죽은 자의 억울함은 씻어 내지 않아도 되고, 사소한 원한은 오히려 깊지 않아서는 안 된다는 말인가?"라고 말했다. 뒤 글에서 "'공리'(公理)가 재상이 되고, 술을 따르고 무릎을 꿇고 머리를 조아리는"이라는 언급 역시 양인위(楊蔭楡; 당시 베이징여자사범대학 교장으로 보수적 교육정책을 고수하며 학생들을 탄압한 인물이다)가 잔치를 열어 천시잉 등을 초대하고 진보학생의 박해를 계획했던 것에 대한 조소와 풍자이다.

양더췬(楊德群, 1920~1926). 당시 베이징여자사범대학 학생으로 학생자치회의 중요 구성원이었다. 1926년 3·18 참사 때 군벌의 총격으로 희생되었다.

15) '언행일치'(言行一致). 천시잉이 『현대평론』 제3권 제59기(1926년 1월 23일)의 「한담」(閑話)에서 일찍이 "말과 행동을 서로 돌아보지 않는 것은 원래 그렇게 희한한 일이 아니다. 세계에는 이 같은 사람들이 아주 많이 있다. 혁명을 말하는 자들이 관료를 하고, 언론 자유를 말하는 자들은 신문사를 불태운다"라고 했다. 여기서 말하는 "관료를 한다"는 루쉰이 교육부에서 직무를 맡은 것을 가리킨다. "신문사를 불태운다"는 1925년 11월 29일 베이징 군중이 돤치루이(段祺瑞)를 반대하는 시위 중 천바오사(晨報社)를 불태운 사건을 가리킨다.

16) 아르치바셰프(阿爾志跋綏夫, Михаил Петрович Арцыбашев, 1878~1927). 러시아의 소설가. 10월혁명 후 1923년 해외로 망명했고 바르샤바에서 죽었다. 저서에는 장편소설 『사닌』(Санин), 중편소설 『노동자 셰빌로프』 등이 있다.

17) 『이십사효도』(二十四孝圖). 『이십사효』(二十四孝). 원대(元代) 곽거경(郭居敬)이 편찬했다. 고대에 전하는 24명의 효자에 관한 고사를 편집 기록했다. 후대에 인쇄한 서적은 모두 그림이 삽입되어 『이십사효도』라 통칭한다. 이는 봉건 효도를 선양하는 통속 서적이다.

18) '자로부미'(子路負米; 자로가 쌀을 져 오다). 자로(子路)는 성이 중(仲)이고 이름이 유(由)이다. 춘추(春秋)시대 노(魯)나라 볜(卞; 지금 산둥山東 쓰수이泗水) 사람으로 공자의 제자이다. 『공자가어』(孔子家語) 「치사」(致思)에서 자로가 "양친을 섬길 때 항상

병아주와 콩의 열매를 먹고 어버이를 위해 백리 밖에서 쌀을 지고 왔다"고 스스로 말했다.

19) '황향선침'(黃香扇枕; 황향이 베개맡에서 부채질을 하다). 황향(黃香)은 동한(東漢) 안루(安陸; 지금 후베이湖北에 속함) 사람이다. 9세에 어머니를 여의었다. 『동관한기』(東觀漢記)에서 "그는 아버지에 대해 진심을 다해 봉양했다. …… 더우면 베개에 부채질했고, 추우면 몸으로써 자리를 따뜻하게 했다"라고 했다.

20) '육적회귤'(陸績懷橘; 육적이 귤을 품속에 넣다). 육적(陸績)은 삼국(三國) 때 오나라 우현(吳縣) 화팅(華亭; 지금 상하이 쑹장松江) 사람으로 과학자이다. 『삼국지』(三國志) 「오서(吳書) · 육적전(陸績傳)」에 "그는 6세 때 주장(九江)에서 원술(袁術)을 만났다. 원술이 귤을 내오자 육적이 3개를 품 안에 넣었다. 떠나려 할 때 작별을 고하다 귤이 땅에 떨어졌다. 원술이 '그대는 손님인데 귤을 품에 넣었는가?'라고 말하자 육적이 꿇어앉아 '돌아가 어머니께 드리고자 했습니다'라고 대답하자 원술이 그것을 기특하게 여겼다"는 구절이 있다.

21) '곡죽생순'(哭竹生筍; 대숲에서 울어 눈물로 대순을 돋아나게 하다). 삼국 때 오나라 맹종(孟宗)의 고사이다. 당대(唐代) 백거이(白居易)가 편찬한 『백씨육첩』(白氏六帖)에서 "맹종의 계모가 죽순을 좋아해 맹종에게 겨울에 죽순을 구해 오라고 했다. 맹종이 대나무 숲에 들어가 통곡을 하자 죽순이 돋아났다"는 구절이 있다.

22) '와빙구리'(臥冰求鯉; 얼음 강에 엎드려 잉어를 구하다). 진대(晉代) 왕상(王祥)의 고사이다. 『진서』(晉書) 「왕상전」(王祥傳)에 "그의 계모가 항상 살아 있는 물고기를 원했다. 이때 날씨가 차고 얼음이 얼어 있기에 왕상이 옷을 벗고 얼음을 깨서 물고기를 구하려고 하자 얼음이 갑자기 스스로 갈라져 잉어 두 마리가 뛰어나오자 가지고 돌아왔다"는 구절이 있다.

23) '노래오친'(老萊娛親; 래 영감이 부모를 즐겁게 해주다). 래 영감(老萊子)은 춘추 말 초나라 사람으로 은사(隱士)이다. 전하는 바에 의하면 효로써 부모를 모시기 위해 초왕(楚王)이 불렀지만 벼슬에 나아가지 않았다. 『예문유취』(藝文類聚) 「인부」(人部)의 기록에 그는 70세 때 오색의 색동옷을 입고 거짓으로 넘어져 "부모를 즐겁게 했다"는 이야기가 있다.

24) '곽거매인'(郭居埋儿; 곽거매자郭居埋子라고도 한다. '곽거가 아들을 묻다'). 곽거(郭居)는 진대(晉代)의 룽뤼(隴慮; 지금 허난河南 린센林縣에 속함) 사람이다. 『태평어람』(太平御覽) 권41에서 유향(劉向)의 『효자도』(孝子圖)를 인용해 "곽거는 …… 매우 부유

했다. 아버지가 죽자 재산 이천만을 둘로 나누어 두 동생에게 주고 자신이 어머니를 모시고 봉양했다. …… 처가 남아를 낳았는데, 어머니를 봉양하는 데 방해될까 염려되어 아내에게 명령해 아이를 안고 땅을 파서 묻으려고 하다가 흙 속에서 쇠솥 하나를 얻었다. 위에 있는 철권(鐵券)에 '효자 곽거에게 준다'라고 되어 있었다. …… 마침내 아이를 기를 수 있었다"는 구절이 있다.

25) 주희(朱熹, 1130~1200). 자는 원회(元晦)이고, 후이저우(徽州) 우위안(婺源; 지금 장시江西에 속함) 사람으로 송대의 이학자(理學者)이다. 여기에 언급된 부분은 원래 한대 정현(鄭玄)의 『주례』(周禮) 「춘관(春官)·소사(小師)」에 대한 주석으로 뒤에 주희가 그의 『논어집주』(論語集注) 「미자」(微子)의 "소고(小鼓)를 흔드는 무(武)는 한(漢)에 들어갔다"(播鼗武入於漢)는 문구의 주석으로 사용했다.

26) 오다 가이센(小田海僊, 1785~1862). 일본 에도(江戶) 막부 말기의 문인 화가. 그가 그린 『이십사효도』는 1844년(도광 24년)의 작품이다. 상하이 점석재서국(點石齋書局)에서 발행한 '점석재총서'(點石齋叢書)에 수록되어 있다.

27) 사각수(師覺授). 남송의 녜양(涅陽; 지금의 허난 전핑鎭平 남쪽) 사람으로 벼슬을 하지 않았다. 그가 저작한 『효자전』(孝子傳) 8권은 이미 산실되었다. 청대 황석(黃奭)의 편집본이 있는데 '한학당총서'(漢學堂叢書) 안에 수록되어 있다.

28) 『태평어람』(太平御覽). 유서(類書; 여러 가지 책을 모아 사항에 따라 분류해서 검색에 편리하게 한 책)의 이름이다. 송(宋)나라 태평흥국(太平興國) 2년(977) 이방(李昉) 등이 칙령을 받고 편찬했다. 처음 이름은 『태평총류』(太平總類)로, 책이 편찬된 후 태종이 열독했기 때문에 『태평어람』이라 칭했다. 모두 1000권이고, 55부문으로 나누어져 있고, 인용한 책은 모두 1690종이고, 그중 적지 않은 것이 이미 산실되었다.

29) '등백도가 자식을 버리고 조카를 구하다'. 등백도(鄧伯道, ?~326)는 이름은 유(攸), 자는 백도(伯道)이고, 진대 핑랑(平壤) 샹링(襄陵; 지금 산시山西 샹펀襄汾) 사람이다. 동진(東晉) 때 벼슬이 상서우복사(尙書右僕射)에 이르렀다. 『진서』「등유전」(鄧攸傳)의 기재에 의하면 석륵(石勒)이 진나라를 공격하는 전란 가운데 그의 전 가족이 남으로 도피했는데, 도중에 자식을 버리고 조카를 구했다고 한다.

30) 윤기(倫記). 즉 윤상(倫常), 강기(綱紀)로 봉건적 '삼강'(三綱), '오상'(五常) 등 도덕규범을 가리키는데, 사람과 사람 사이에 마땅히 지켜야 할 준칙이다.

31) 도학선생(道學先生). 도학(道學)은 또 이학(理學)이라 칭한다. 즉 송대 정호(程顥), 정이(程頤), 주희 등이 유가학설을 해석하여 형성한 사상체계를 말한다. 당시에는

도학이라 불렸다. 도학선생이란, 즉 이러한 학설을 신봉하고 선전하는 사람을 지칭한다.

32) 유향(劉向, B.C. 77~B.C. 6). 자는 자정(子政), 서한시대 페이(沛: 지금의 장쑤江蘇 페이현沛縣) 사람. 경학가이자 문학가. 그의 『효자전』은 이미 없어졌고, 청대의 황석(黃奭)이 수집한 책이 있다. '한학당총서'에 수록되어 있다. 또한 모반림(茅泮林)의 수집본 『매서헌십종고일서』(梅瑞軒十種古逸書)에 들어 있다.

33) 『고효자전』(古孝子傳)은 청나라 모반림이 편찬했다. '유서' 중에 유향, 소광제(蘇廣濟), 왕흠(王歆), 왕소지(王韶之), 주경식(周景式), 사각수(師覺授), 송궁(宋躬), 우반우(虞盤佑), 정집(鄭緝) 등의 이미 잃어버린 『효자전』을 수집하여 책으로 만들어 『매서헌십종고일서』에 수록했다.

오창묘의 제놀이[1]

아이들이 손꼽아 기다리는 날은 설이나 명절을 제외하고는, 아마도 신을 맞이하는 제놀이[2] 무렵을 들 수 있을 것이다. 그런데 우리 집은 하도 외진 곳에 있다 보니 제놀이 행렬이 집 앞을 지나갈 때면 꼭 한낮이 기울 무렵이어서 의장을 갖춘 것은 줄어들 대로 줄어들어 몇 가지밖에 남지 않았다. 목을 빼들고 오래 기다려서야 겨우 십여 명이 얼굴에 누렇거나 퍼렇거나 시뻘건 칠을 한 신상을 하나 메고 총총히 달려가는 것이 보일 따름이었다. 그러면 이것으로 제놀이 행렬은 끝나는 것이다.

나는 늘 이번 제놀이는 이전의 제놀이보다 좀 낫겠지 하는 기대를 가지곤 했다. 하지만 결국에는 언제나 마찬가지로 '거기서 거기였고', 기념품도 그냥 그 한 가지뿐이었다. 그것은 신상이 지나가기 전에 한 개에 1전을 주고 사는 것인데 찰흙과 색종이에 댓가지 한 개와 닭털 두세 개를 꽂아서 만든, 불면 귀청을 째는 듯한 소리가 나는 호루라기였고, 나는 그 '호루라기'를 가지고 이삼 일씩 삘리리 삘리리 불어 댔다.

오늘 『도암몽억』[3]을 읽어 보니 그 당시의 제놀이가 아주 호화로 웠다는 것만은 알 수 있었다. 명나라 사람의 이 글은 다소 과장된 점을 면하기는 힘들었지만. 비가 내리기를 빌고자 용왕을 맞이하는 일은 오늘날에도 있으나, 그 방법은 이미 매우 간단해져서 그저 열댓 명이 종이용을 빙빙 돌리고 마을 아이들이 바다귀신으로 분장하는 정도였 다. 그러나 옛날에는 연극까지 꾸며 가지고 나섰는데 그 기발한 광경 은 참으로 가관이었다. 저자는 『수호전』[4]에 나오는 인물들을 분장시 킨 대목을 다음과 같이 묘사하였다.

"……그리하여 사처四處로 흩어져 나가 거무칙칙한 땅딸보, 장승 같은 키다리, 행각승[5] 뚱보화상, 우람한 아낙네, 호리호리한 여인, 시 퍼런 얼굴, 비뚤어진 머리통, 붉은 수염, 미염공美髥公, 거무칙칙한 대 한大漢, 붉은 얼굴에 긴 수염 등 적임자를 고른다.[6] 그들은 온 성안을 다 누비며 물색한다. 그래도 없을 때는 성 밖과 주변 마을, 두메산골 과 인근의 부府, 주州, 현縣으로 찾아다닌다. 그리하여 비싼 값을 치르 고 서른여섯 사람을 초청한다. 이렇게 양산박의 호걸들은 하나하나가 살아 있는 듯한 모습으로 꼼꼼하게 구색을 맞추었으며 선발된 사람 들은 진짜 인물들과 신통히도 같았고 지나가는 행렬은 질서정연하였 다[7]……." 이렇게 묘사된 옛사람의 생동적인 모습을 누구인들 한번 보고 싶은 생각이 없겠는가? 하지만 유감스럽게도 이런 성대한 행사 는 명나라와 더불어 벌써 사라지고 말았다.

제놀이는 오늘날 상하이에서 치파오를 금지하거나[8] 베이징에서 국사 논의를 금지하는[9] 것처럼 당국자들로부터 금지되지는 않았지만, 젊은 아낙네들이나 아이들에게는 봐서는 안 되는 것으로 되었으며 학문을 닦는 사람들, 다시 말해서 이른바 선비들 역시 대부분 그것을 보러 가지 않는다. 그저 할 일 없어 빈둥거리는 한량들만 사당 앞이나 관청 앞에 달려가 구경할 뿐이었다. 제놀이에 대한 나의 지식은 태반이 그들의 서술에서 얻은 것으로, 고증학자들이 귀중히 여기는 이른바 '눈으로 본 학문'[10]은 아니다. 하지만 나도 한번은 비교적 성대한 제놀이를 본 기억이 있다. 처음에는 말을 탄 아이가 지나가는데 그를 '탕바오'[11]라 한다. 이윽고 '가오자오'[12]가 나타난다. 온몸이 땀에 푹 젖은 거대한 몸집의 사나이는 두 손으로 대나무 장대에 무척 긴 깃발을 펼쳐 들었는데, 흥이 날 때면 깃대를 정수리나 이빨 위에 올려놓기도 하고 심지어는 코 위에다 올려놓기도 한다. 그다음엔 '어릿광대', '가마', '말대가리'[13]가 나타난다. 그리고 칼을 쓴 범인으로 분장한 사람들도 있는데 그 가운데는 아이들도 섞여 있었다. 나는 그때 이런 것을 영광스러운 일로 생각했으며 거기에 참가한 사람들을 행운아로 여겼다——그것은 아마 그들이 우쭐거리는 꼴이 부러웠기 때문이었을 것이다. 또 이런 생각까지 들었다. 난 어째서 중병이라도 걸리지 않는가? 그랬으면 어머니가 사당에 가서 내가 '범인 역'을 하도록 발원할 터인데. 하지만 나는 오늘날까지 끝내 제놀이와 아무런 관계도 가지지 못하였다.

한번은 오창묘의 제놀이를 구경하러 둥관[14]으로 가게 되었다. 그것은 나의 어린 시절에는 아주 보기 드문 대단한 일이었다. 현에서 그 제놀이가 가장 성대한 것인 데다 또 둥관은 우리 집에서 아주 멀리 떨어져 있어 물길로 60여 리나 되는 곳이기 때문이었다. 거기에는 특별한 사당 두 채가 있었다. 하나는 매고묘인데 『요재지이』[15]에 나오는, 처녀가 수절하다가 죽어 귀신이 된 뒤에 남의 남편을 빼앗았다는 신이 바로 이 신이다. 과연 그 신주자리에는 젊은 남녀 한 쌍을 빚어 놓았는데 얼굴에 웃음을 띠고 추파를 보내는 것이 예교에는 매우 어긋나는 것이었다. 다른 하나는 오창묘인데 이름부터 유별났다. 고증을 즐기는 사람들의 말에 의하면 그 신은 바로 오통신[16]이라는 것이다. 하지만 확실한 근거는 없다. 그 신상은 다섯 남자인데 별로 창궐해 보이지도 않았다. 그리고 그 뒤에 나란히 앉은 다섯 여신도 그들과 '자리를 구별하지' 않았는데, 베이징 극장의 엄격한 그것과는 비길 바도 못되었다. 사실 이것도 예교에는 대단히 거슬리는 짓이다. 하지만 그들이 오창신이기 때문에 별다른 도리가 없으며, 따라서 자연스럽게 달리 논할 수밖에 없다.

둥관은 우리 현성에서 멀리 떨어져 있었으므로 모두들 어두컴컴한 새벽에 일어났다. 부두에는 어제 저녁에 미리 삯을 내두었던 자개 선창[17]이 달린 큰 배가 정박하고 있었고 배 안으로 걸상이며 밥과 요리, 차 도구, 찬합 등을 연이어 날라 오고 있었다. 나는 웃으면서 깡충거리고 그들에게 빨리 가져오라고 재촉했다. 그런데 문뜩 일꾼의 얼굴 표정이 굳어졌다. 이상한 생각이 들어 주위를 둘러보니 아닌 게 아니라 아버지가 바로 내 뒤에 와 서 있었다.

"얘, 가서 네 그 책을 가져오너라."

아버지의 느릿느릿한 목소리였다.

이른바 '책'이란 바로 내가 글을 깨치면서 읽던 『감략』[18]이다. 나에게는 이외에 다른 책이 없었다. 우리 고장에서는 학교에 가는 나이가 대부분 홀수였으므로 그때 내 나이는 일곱 살이었던 것으로 기억한다.

나는 두근거리는 가슴으로 그 책을 가져왔다. 아버지는 나를 사랑방 복판에 놓인 책상 앞에 앉히더니 그 책을 한 구절씩 내리 읽으라고 했다. 나는 조마조마한 마음으로 한 구절 한 구절 읽어 내려갔다.

그것은 두 구절이 한 줄로 된 것인데 아마 이삼십 줄을 내리 읽었을까말까 하였을 때였다.

"줄줄 내리 읽도록 해라. 다 외우지 못했다간 제놀이 구경도 못 갈 줄 알아."

아버지는 이렇게 말하고 나서 일어서더니 안방으로 들어가는 것이었다.

그 말에 나는 찬물 한 바가지를 뒤집어쓴 것 같았다. 하지만 무슨 수가 있는가? 두말할 것도 없이 읽고 또 읽어서 억지로라도 기억하고 외워야만 했다.

애초에 반고는 태곳적에 태어났거늘

처음으로 세상을 다스리고 혼돈세계를 개척했도다

이런 책이건만 지금 나는 첫머리의 몇 줄밖에 기억하지 못하고 있으며 다른 것은 죄다 잊어버렸다. 그때 억지로 기억했던 이삼십 줄도 자연히 그 망각 속에 사라지고 말았다. 지금도 나는 그때 사람들이 하던 말이 기억나는데 『천자문』이나 『백가성』[19]을 읽기보다 『감략』을 읽는 것이 훨씬 더 쓸모가 있다는 말이었다. 그것은 옛날부터 오늘까지의 대체적인 형편을 알 수 있기 때문이라는 것이었다. 예로부터 오늘에 이르기까지의 대체적인 형편을 아는 것은 물론 좋은 일이겠지만 유감스럽게도 나는 그 뜻을 한 자도 알지 못하였다. "애초에 반고는" 하면 그저 "애초에 반고는"일 따름으로 무턱대고 "애초에 반고는" 하고 읽고 외웠으며 "태곳적에 태어났거늘……" 하고 읽고 외웠을 뿐이었다.

필요한 물건들을 다 싣고 나자 분주하던 집안이 조용해졌다. 아침 햇살이 서쪽 벽에 비치고 날씨는 한없이 맑았다. 나를 도와줄 도리가 없었던 어머니와 일꾼, 그리고 키다리 어멈은 그저 내가 좔좔 내리 읽고 외울 때까지 말없이 기다리고 있을 수밖에 없었다. 쥐 죽은 듯 조용한 가운데 나는 마치 머릿속에서 수많은 집게들이 뻗어 나와 "태곳적에 태어났거늘" 하는 따위들을 무는 듯했고 황급히 읽어 내려가는 나의 목소리가 늦가을 한밤중에 우는 귀뚜라미의 울음소리처럼 바르르 떨리고 있음을 느꼈다.

그들은 모두 나를 기다리고 있었으며 그 사이에 해는 더 높이 솟았다.

나는 불현듯 자신 있다는 생각이 들자 벌떡 일어나 책을 들고 아버지의 서재로 찾아갔다. 나는 그것을 단숨에 외워 내려갔는데 마치 꿈같이 다 내리 외웠다.

"음, 괜찮아. 구경하러 가거라."

아버지는 머리를 끄덕였다. 사람들은 일시에 활기를 띠고 움직이기 시작하였다. 모두들 얼굴에 웃음을 띠고 부두를 향해 걸어갔다. 일꾼은 나의 성공을 축하하기라도 하듯이 나를 번쩍 높이 안아 올렸다. 그러고는 빠른 걸음으로 앞장서서 걸어갔다.

하지만 나는 오히려 그들과 같은 기쁨을 느끼지 못했다. 배가 떠난 뒤에도 물길의 풍경이나 찬합 속의 과자, 그리고 둥관에 가서 본 오창묘의 굉장한 제놀이가 나에게는 별로 큰 흥미를 준 것 같지 않았다.

오늘에 와서는 벌써 흔적도 없이 깡그리 잊었다. 오로지 『감략』을 외우던 일만이 어제 일처럼 기억에 분명할 뿐이다.

나는 지금도 그 일을 생각하기만 하면 아버지가 그때 무엇 때문에 나더러 그 책을 외우라고 하였는지 그 진의를 알 수가 없다.

5월 25일

주)_____

1) 원제는 「五猖會」, 이 작품은 최초 1926년 6월 10일 『망위안』 반월간 제1권 제11기에 발표되었다

2) '신을 맞이하는 제놀이'. 옛날 일종의 미신 풍습으로 의장을 갖추고 풍악을 울리며 잡회를 하면서 신을 맞이하기 위해 사당으로 향하고 거리를 행진하면서 신에게 술을 따르고 복을 기원한다.

3) 『도암몽억』(陶庵夢憶). 소품 문집. 명대 장대(張岱; 호는 도암陶庵)의 저작으로 모두 8권이다. 본문에서 인용된 것은 권7 「급시우」(及時雨) 조이다. 기록된 것은 명 숭정(崇禎) 5년(1632) 7월 사오싱(紹興)의 기우제 상황이다.

4) 『수호전』(水滸傳). 장편소설로 명대 시내암(施耐庵)의 저술이다.

5) 두타(頭陀; 행각승). 산스크리트어 Dhūta의 음역. 원래는 불교의 고행이었으나, 뒤에 여기저기 돌아다니면서 걸식하는 스님을 칭하게 되었다.

6) 모두 『수호전』에 나오는 주인공들을 묘사한 것이다. 천강성(天罡星) 36명에 속하는 인물들로 거무칙칙한 땅딸보는 송강(松江), 장승 같은 키다리는 노준의(盧俊義), 행각승은 무송(武宋), 뚱보화상은 노지심(魯智深), 우람한 아낙네는 목홍(穆弘), 호리호리한 여인은 석수(石秀), 시퍼런 얼굴은 양지(楊志), 미염공(수염이 아름다운 모습)은 주동(朱仝), 거무칙칙한 대한은 이규(李逵), 얼굴 붉은 긴 수염은 유당(劉唐)을 가리킨다.

7) 원문은 '稱姸'. 행렬이 질서정연한 모양을 말한다. 『후한서』 「중산간왕전」(中山間王傳)에 "지금 5국의 각 관리들이 말을 타고 가지런하게 앞으로 나아간다"라는 기록이 있다.

8) '상하이에서 치파오(旗袍)를 금지'. 당시 장시성과 저장성 등지를 점거하고 있던 군벌 쑨촨팡(孫傳芳)은 부녀자들이 치파오를 입으면 남자와 별다른 구별이 없어(당시 남자는 치파오 착용이 널리 유행하고 있었다) 풍속을 해친다고 명을 내려 금지했다.

9) '베이징에서 국사 논의를 금지'. 베이징을 통치하던 베이양군벌은 혁명 활동을 방지하기 위해 공포정책을 실행하고 비밀경찰을 사방에 배치했으며, 식당·찻집 등에는 "국사 논의 금지"라는 표어가 많이 붙어 있었다.

10) '눈으로 본 학문'(眼學)이라는 말은 북제(北齊) 안지추(顔之推)의 『안씨가훈』(顔氏家訓) 「면학」(勉學)에 나온다. "글을 만드는 일을 말한다면, 옛날을 인용할 때는 반드시 눈으로 본 것이어야지 귀로 들은 것을 믿지 말라."

11) '탕바오'(塘報). 즉 역보(驛報)이다. 고대 역참은 빠른 말을 이용해 급히 공문을 전달했다. 저장성 동쪽 지방 일대에서 축제를 할 때 화장한 아이가 말을 타고 먼저 가서 축제 행렬이 곧 이르게 됨을 미리 알리는 것을 가리킨다.

12) '가오자오'(高照). 긴 대나무 가지에 높이 내건 통보. '照'는 통보하다는 뜻. 사오싱 축제의 가오자오는 길이가 2~3장이고, 명주실로 수를 놓아 만들었다.

13) '어릿광대'의 원문은 '高蹻'. 희극 중 어떤 하나의 역할로 분장한 사람이 두 다리 아

래에 각 5, 6척 길이의 나무 막대를 묶고 걸어가면서 공연을 하는데, 일반적으로 주인공으로 출연한다.

'가마'의 원문은 '抬閣'. 정확히는 '누각(가마)을 든다'는 뜻으로 축제 중 자주 보이는 일종의 놀이이다. 나무로 만든 정방형의 작은 누각(가마) 안에 2, 3명의 희곡 이야기 속 인물로 분장한 어린아이를 어른이 들고 돌아다닌다.

'말대가리'(馬頭) 역시 축제 가운데 있는 하나의 놀이로 희곡 이야기 속의 인물로 분장한 어린아이가 말을 타고 돌아다닌다.

14) 둥관(東關). 예전 사오싱에 속해 있던 큰 나루터로 사오싱 동쪽 약 60리에 있다. 지금은 상위(上虞)에 속한다.

15) 『요재지이』(聊齋志異). 청대 포송령(蒲松齡)이 지은 단편소설집으로 통행본은 60권이다. 매고(梅姑) 이야기는 권14 「김고부」(金姑夫)편에 보인다. "후이지(會稽)에 매고사(梅姑祠)가 있는데, 신은 마(馬)씨이다. 가족이 둥관(東莞)에 거주했는데, 결혼을 아직 하지 않았을 때 지아비가 죽자 재혼하지 않겠다는 뜻을 세우고 30세에 죽었다. 가족들이 제사 지내고 매고라 했다. 병신(丙申)년에 상위에 사는 김생이 과거를 보러 이곳을 지나가다 사당에 들어가 자뭇 명상을 하게 되었다. 밤이 되자 계집종이 와서 매고가 불렀다는 말을 듣고 따라갔다. 사당 안으로 들어가자 매고가 처마 아래에 서서 기다리고 있었다. 웃으면서 '그대의 총애와 보살핌을 입고자 간절하게 그리워했습니다. 누추함을 싫어하지 않으시다면 시첩(侍妾)이 되기를 원합니다'라고 말했다. 김생이 허락했다. 매고가 보내면서 '그대는 가야 하지만, 자리를 마련했으니 마땅히 돌아와 맞이해야 합니다'라고 말했다. 깨어나서 진저리를 쳤다. 이날 저녁 주민의 꿈에 매고가 '상위의 김생은 지금 내 남편이 되었으니 마땅히 소상(塑像)을 만들어야 할 것이다'라고 말했다. 다음 날 아침 마을 사람들은 모두 같은 꿈을 꾸었다고 말했다. 족장은 그 정절에 흠이 갈까 두려워 고의로 말을 듣지 않았다. 얼마 지나지 않아 한 집안 모든 사람에게 병이 발생하자 크게 두려워하고 왼쪽에 초상을 만들었다. 초상이 만들어지자 김생이 아내에게 '매고가 나를 맞이하려 하오!'라고 말한 뒤 의관을 입고 죽었다. 그의 아내는 몹시 원망하고 사당에 가서 여자상을 가리키며 추잡한 욕을 했고 또 단 위로 올라가 뺨을 여러 차례 때리고 갔다. 이제 마씨는 김생을 김고모부(金姑夫)라 부른다." 매고사당은 송대 『가태회계지』(嘉泰會稽志)에 이미 기재되어 있다.

16) 오통신(五通神). 옛날 남방의 향촌에서 함께 신봉하던 흉신. 당말에 이미 향불이 있

어 사당에서 '오통'(五通)이라 불렸다. 당말 정우(鄭愚)의 『대위허우사명』(大潙虛祐師銘)에 "牛阿房, 鬼五通"이라는 기록이 있다(『당시기사』唐詩紀事 권66에 보임). 전하는 바에 의하면 형제가 다섯 사람이었는데 속칭 오성(五聖)이라 하였다 한다.

17) '자개선창'이란 창문 둘레에 자개를 박은 배의 창을 말한다.

18) 『감략』(鑑略). 옛날 학숙(學塾; 서당)에서 사용하던 일종의 초급 역사 교재. 청대 왕사운(王仕云)의 저작으로 4언의 운문이다. 위로는 반고(班固)로부터 아래로는 명대의 홍광(弘光)까지 기록되어 있다.

19) 『천자문』. 옛날 학숙에서 사용하던 초급 교재로 전하는 바에 의하면 남조(南朝) 때 양(梁)나라 주흥사(周興嗣)의 저작으로 천 개의 다른 글자를 사용해 4언의 운문으로 편성했다.

『백가성』(百家姓). 옛날 학숙에서 사용하던 글자 익히기용 독본으로 성씨를 연이어 4언의 운문으로 구성했다.

무상[1]

신맞이 제놀이날에 순행하는 신이 만약 생사여탈권을 장악한 신이라고 한다면,—— 아니, 생사여탈권이란 말은 그다지 타당하지 못하다. 무릇 신이란 중국에서는 모두 제멋대로 사람을 죽이는 권리를 가지고 있는 듯하니, 성황신과 동악대제[2] 무리들같이 인민의 생사 대사를 맡아본다고 하는 편이 나을지도 모른다. 그렇다면 그의 의장대열[3]에는 별도의 귀졸鬼卒, 귀왕鬼王, 그리고 활무상活無常 등 특별한 역할을 하는 무리들이 있을 것이다.

이런 귀신들의 배역은 대체로 덜렁쇠나 마을 사람들이 맡았다. 귀졸과 귀왕들은 울긋불긋한 옷에 맨발이었고 시퍼런 얼굴에 비늘을 그렸는데, 그것이 용의 비늘이었는지 아니면 무슨 다른 비늘이었는지는 잘 모르겠다. 귀졸들은 쇠작살을 들었는데 작살고리들이 절렁절렁 소리를 냈으며 귀왕들은 호랑이 대가리를 그린 자그마한 패찰 같은 것을 들고 있었다. 전설에 의하면 귀왕들은 한 발로 걷는다 하지만, 그러나 그들은 결국 마을 사람이었으므로 비록 얼굴에 고기비늘이나 무슨 다른 비늘을 그렸지만 걸음만은 여전히 두 발로 걸을 수밖에 없었다. 그러므로 염불하는 노파와 그 손자들이나 만사에 모가 나지 않기를 바라기 때문에 귀왕들에게 의례히 "황공무지로소이다. 여기 대령하나이다"[4]는 식의 예절을 차릴 뿐 구경꾼들은 모두 그들을 두려워하지도 않고 별로 주목하지도 않았다.

우리들—나는 나와 다른 많은 사람들이라고 믿고 있다—이 가장 보고 싶어 한 것은 활무상이었다. 활무상은 활발하고 익살스러울 뿐만 아니라, 우선 온몸이 눈같이 새하얀 그 한 가지 이유만으로도 울긋불긋한 무리들 속에서 '닭 무리에 섞인 학'과 같은 인상을 주었다. 그러므로 사람들은 흰 종이로 만든 높다란 고깔모자와 그의 손에 들린 낡은 파초부채의 그림자가 보이기만 해도 자못 긴장하고 기뻐했다.

인민과 귀신의 관계에 있어서 그들에게 가장 낯익고 친밀하며 평소에도 늘 볼 수 있는 것은 활무상이다. 이를테면 성황묘나 동악묘 같은 데는 큰 전각 뒤에 암실이 있는데, '저승간[間]'이라 불린다. 겨우 색깔이나 구분할 수 있는 어두컴컴한 이 암실 안에는 목매고 죽은 귀신, 넘어져 죽은 귀신, 범한테 물려 죽은 귀신, 과거에 낙제한 귀신……들의 신상이 세워져 있다. 그 문 안에 들어서자마자 첫눈에 뜨이는 키가 크고 새하얀 신상이 바로 활무상이다. 나도 언젠가 한번 그 '저승간'을 슬쩍 바라본 적이 있으나 그때는 담이 작아서 똑똑히 보지 못했다. 들은 바에 의하면 그는 한 손에 쇠사슬을 쥐고 있는데 산 혼을 끌어가는 사자이기 때문이라고 한다. 관장[5] 지방에 있는 동악묘의 저승간은 그 구조가 아주 특별하다고 전해진다. 문 입구에 움직이는 널판자가 한 장 깔려 있는데 사람이 문 안에 들어가 그 널판의 한쪽 끝을 디디기만 하면 다른 쪽 끝에 세워진 활무상이 펄쩍 덮쳐들어 쇠사슬을 바로 그 사람의 목에 건다는 것이다. 나중에 누군가 이로 인해 놀라 죽게 되자 그만 널판자에 못질을 해버렸다는 것이다. 그래서 내가 어렸을 때에는 이미 널판자가 움직이지 않았다.

만일 활무상을 똑똑히 보려거든 『옥력초전』^{玉歷鈔傳}을 펼치면 그 속에 활무상을 그린 그림이 있다. 그런데 『옥력초전』도 복잡하게 된 것과 간단하게 된 것 두 가지가 있다. 복잡하게 된 것이면 틀림없이 그 그림이 있을 것이다. 몸에다 올이 굵은 삼베 상복⁶⁾을 걸치고 허리에 새끼를 동이고 발에는 짚신 감발을 했으며 목에는 지정⁷⁾을 걸었고 손에는 낡은 파초부채와 쇠사슬과 주판을 들었다. 어깨는 으쓱 올라갔으나 머리칼은 아래로 축 내리 드리웠으며 눈썹과 눈꼬리는 여덟 팔자처럼 아래로 처졌다. 머리에는 높다랗고 네모진 고깔모자를 썼는데 아래는 넓고 위는 좁아서 비례에 따라 계산하면 높이는 두 자는 실히 된다. 그리고 그 정면에는 전조^{前朝}의 유신^{遺臣}이나 풍습을 잘 지키는 청년들이 쓰는 수박 껍데기 같은 모자의 구슬이나 보석이 달려 있는 그 자리에 "만나면 기쁜 일이 있다"라는 글귀가 세로로 씌어 있다. 어떤 책에는 또 "너도 왔구나"로 씌어 있다. 때로는 포공전⁸⁾의 현판에서도 이런 글을 볼 수 있는데 활무상의 모자에는 누가 썼는지, 활무상 자신이 썼는지 아니면 염라왕⁹⁾이 썼는지 나로서는 연구할 수가 없었다.

『옥력초전』에는 또한 활무상과 차림새는 비슷하나 그와는 반대

되는 '사유분'死有分이 있다. 신맞이 때가 되면 이 귀신도 나타나는데 이름이 잘못되어 사무상死無常이라고 한다. 검은 얼굴에 검은 색 옷을 입어서 누구라도 보기 싫어한다. 이 신은 '저승간'에도 있는데, 가슴을 벽에 대고 을씨년스럽게 서 있다. 정말로 '벽에 부딪힌'[10] 모습이다. 그 안에 들어가서 분향하는 사람들은 반드시 그의 등을 쓰다듬는데, 그렇게 하면 액막이를 할 수 있다고 한다. 나도 어릴 적에 그 잔등을 쓰다듬은 적이 있으나, 액운으로부터 끝내 잘 벗어난 것 같지는 않다──물론 그 당시 쓰다듬지 않았다면 현재의 액운이 더 사나울지도 모를 일이다. 이 점에 대해서도 아직 연구해 본 바 없다.

나 역시 소승불교[11]의 경전에 대해 연구한 바가 없다. 그러나 주위들은 풍설에 의하면 인도의 불경에는 염마천[12]도 있고 소머리와 소다리를 한 귀졸도 있는데 모두 지옥에서 주임노릇을 한다는 것이다. 하지만 산 혼을 끌어가는 사자인 이 무상선생에 대해서는 옛 책에서도 찾아볼 수 없다. 그저 "인생이 무상하다"는 따위의 말만 귀에 익히 들어 왔을 뿐이다. 그러니까 아마도 이러한 말뜻이 중국에 전해진 후 사람들이 그것을 구체적으로 형상화시킨 것이리라. 이것은 실로 우리 중국 사람들의 창작인 것이다.

그런데 사람들은 어째서 그 신을 보기만 해도 긴장하고 기뻐하는 것일까?

어떤 지방이든 문사나 학자 또는 명인들이 나와 붓을 한 번 휘두르기만 하면 그곳은 곧 '모범현'[13]으로 되기 마련이다. 나의 고향도 일찍이 한나라 말년의 우중상[14] 선생에게서 찬양을 받은 적이 있었다.

물론 그것은 아주 오래전의 일이다. 후에 와서는 이른바 '사오싱 도필리刀筆吏'[15]들이 나오게 되었으나 그렇다고 남녀노소가 다 '사오싱 도필리'인 것은 아니고 그 밖에 '하등인'들도 적지 않았다. 그런데 이런 '하등인'들을 보고 "우리는 지금 좁고도 험한 오솔길을 걷고 있다. 왼쪽은 끝없이 넓은 진흙뻘이고 오른쪽은 가없는 사막이다. 가야 할 목적지는 아득히 멀며 엷은 안개 속에 잠겨 있다"[16]라는 따위의 혼미한 묘한 말을 하라고 해서는 되지도 않을 것이다. 하지만 무의식 속에서 그들은 이 '엷은 안개 속에 잠겨 있는 목적지'로 통하는 길을 똑똑히 알고 있다. 그 길은 바로 청혼, 결혼, 생육, 사망이다. 물론 이것은 오로지 나의 고향을 두고 하는 말이며 '모범현'의 인민들에 대해서는 당연히 달리 논해야 할 것이다. 그들——본인의 동향인 '하등인'들——가운데 많은 사람들은 살아가고 있고, 고통을 받고, 중상모략을 당하고, 모함을 받았다. 이 과정에서 쌓인 오랜 경험을 통하여 이승에는 '공리'를 유지하는 모임[17]이 하나밖에 없으며 그나마 이것도 '아득히 먼' 것이라는 것을 알았으므로 부득이 저승을 동경하게 되었다. 사람이란 대체로 저마다 억울함이 있다고 여기는 모양이다. 이 세상에 살아 있는 '정인군자'들은 자기들도 억울함이 있다고 하지만, 이런 수작은 미물들이나 속일 수 있을 뿐 우매한 백성에게 묻는다면 그는 별로 생각해 보지도 않고 "그에 대한 공정한 판결은 저승에서 할 것이요!"라고 대답할 것이다.

삶의 즐거움을 생각하면 삶은 확실히 미련이 남는 것이겠지만, 삶의 고통을 생각하면 무상도 반드시 악한 손님이라고 할 수는 없다.

귀천과 빈부를 가릴 것 없이 그때가 되면 누구나 "빈털터리로 염라왕 앞에 끌려와서"[18] 원한이 있으면 원한을 풀고 죄가 있으면 벌을 받으면 된다. 하지만 '하등인'이라고 해서 어찌 반성할 게 없겠는가? 이를테면 자신의 한 세상을 어떻게 살아왔는가? "길길이 날 뛴" 적은 없는가? 남을 "뒤에서 음해한"[19] 일은 없는가? 무상의 손에 커다란 주판이 들려 있기 때문에 제아무리 더러운 허세를 부려도 쓸데없는 일이다. 타인에 대해서는 물 한 방울 샐 틈 없는 공리를 요구하지만 자기 자신에 대해서는 저승에서까지도 사정을 봐주기를 바란다. 하지만 그곳은 어디까지나 저승이다. 염라천자며 소대가리 아전, 그리고 중국 사람들이 스스로 생각해 낸 말상馬面들은 모두 저마다 겸직을 하지 않은 진정으로 공리를 주재하는 주인공들로 그들은 신문에다 긴 글들을 써 내지도 않았다. 그러므로 양심적인 사람들은 아직 귀신이 되기 전에 때로 먼 장래를 생각하고 전체 공리 가운데서 약간의 체면 조각이라도 찾아내려 하지 않을 수 없다. 이럴 때면 우리 활무상 선생이 무척 사랑스러워 보인다. 왜냐하면 이로운 것 가운데서는 큰 것을 취하고 해로운 것 가운데서는 작은 것을 취할 수 있기 때문이다. 우리의 고대 철학가 묵적[20] 선생은 이것을 일컬어 "작은 것을 취한다"고 했다.

사당에 세워 놓은 진흙상이나 책에 시꺼멓게 찍어 놓은 모양에서는 활무상의 사랑스러움을 보기 어렵다. 가장 좋기는 극을 보아야 한다. 그것도 보통극이 아니라 반드시 '장막극'이나 '목련극'[21]을 보아야 한다. 장대[22]는 『도암몽억』에서 목련극의 성대한 공연에 대해 언급하면서 그 극은 무대에 한번 올리기만 하면 이삼 일씩 계속된다고 과장해서 말한 바 있다. 하지만 내가 어렸을 때는 이미 그렇지 않았다. 목련극도 다른 장막극들과 마찬가지로 황혼이 깃들 무렵에 시작되어 그 이튿날 동이 틀 때면 끝난다. 그것은 모두 신을 받들고 재앙을 쫓는 연극이었는데 극에는 반드시 악한이 한 명 등장한다. 이튿날 새벽이 되면 그 악한이 끝장나게 되는데 그럴 때면 염라대왕이 표를 내주며 '죄악이 하늘에 사무친' 그를 붙들어 오라고 한다. 그러면 살아 있는 활무상이 무대에 나타난다.

나는 무대 아래에 매어 놓은 배에 앉아서 극 구경을 하던 일이 아직도 기억난다. 그 무렵 관중들의 심정은 여느 때와는 완전히 달랐다. 여느 때 같으면 밤이 깊어갈수록 지루하여 선하품만 하고 있을 테지만, 이때만은 더욱 신명이 났다. 무상이 쓰는 종이고깔은 본래 무대 한쪽 귀퉁이에 걸어 놓는데 그가 나올 때쯤 해서는 그것을 들여간다. 그리고 한 가지 특수한 악기도 요란스럽게 소리 낼 차비를 한다. 나팔같이 생긴 이 악기는 가늘고 길어서 칠팔 척은 실히 되었다. 그 악기 소리는 대체로 귀신들이 듣기 좋아하는 것인 모양으로 귀신과 관계가 없을 때는 사용하지 않았다. 불면 Nhatu, nhatu, nhatututuu 하는 소리가 나므로 우리는 그것을 '목련나투'[23]라고 했다.

많은 관중들이 악한의 몰락을 눈이 빠지게 기다리는 가운데 드디어 활무상이 나타난다. 그의 옷차림은 그림보다 간단했고 쇠사슬도 들지 않았으며 주판도 갖고 있지 않았다. 그는 눈같이 흰 옷을 입은 덜렁거리는 사나이였는데 분칠을 한 얼굴에 빨간 입술, 먹같이 시꺼먼 눈썹을 찌푸린 그 모습은 웃는 것인지 우는 것인지 알 수 없었다. 무대에 나서게 되면 반드시 먼저 재채기를 백여덟 번 하고 방귀를 백여덟 방 뀐 다음에 비로소 자기의 경력을 독백한다. 하지만 유감스럽게도 나는 그 독백을 똑똑히 기억하지 못하고 있다. 그 가운데 한 단락을 들면 대략 다음과 같다.

……

대왕께서 체포증을 내리시며 나더러 옆집의 문둥이를 붙잡아 오라신다.

알아보니 그 문둥이가 원래는 내 사촌조카였도다.

앓는 병이 무슨 병이었던고? 염병에 이질을 겸했도다.

보인 의사는 누구였던고? 하방교의 진념의[24] la 아들이었도다.

지은 약은 무슨 약이었던고? 부자^{附子}, 육계^{肉桂}에 우슬^{牛膝}이었도다.

첫 첩에 식은땀이 비오듯 하고

둘째 첩에 뻗정다리가 되었도다.

nga 아주머니 슬피 우는 그 모습이 가여워 잠깐 지상세계에 돌려보냈더니

대왕은 나더러 뇌물 먹고 봐줬다며 나를 묶어 40대 곤장을 때렸다오!

이 문장에 나오는 '자'^{子}자는 모두 입성^{立聲}으로 읽어야 한다.[25] 여기에 나오는 진념의는 사오싱 일대의 명의인데 유중화는 일찍이 『비적소탕록』[26]에서 그를 신선으로 묘사했다. 그러나 그의 아들 세대에 이르러서는 의술이 그리 고명하지 못한 듯하다. la는 '의'라는 의미이

고, '아'兒자는 '니'倪로 읽어야 한다. nga는 '나의' 혹은 '우리들의'라는
의미이다.

무상의 입에 오른 염라천자는 그리 고명하지 못한 듯한데, 아마
도 그의 인격을 오해한 듯하다——아니, 귀신의 품격이다. 하지만 '잠
깐 지상세계에 돌려보낸' 일까지 아는 것을 보아서는 그래도 '총명하
고 정직한 것을 신이라 부른다'²⁷⁾는 본분을 잃지 않고 있다. 그런데 그
징벌만은 우리 활무상에게 지워 버릴 수 없는 억울한 인상을 주었으
니, 그 말만 나오면 그는 눈썹을 더욱 찌푸리고 낡은 파초부채를 으
스러지게 틀어쥔 채 땅을 내려다보면서 오리가 헤엄을 치듯이 춤을 추
기 시작하는 것이다.

Nhatu, nhatu, nhatu-nhatu-nhatututuu! 목련나투도 억울하
기 그지없다는 듯이 소리를 내기 시작한다. 마침내 그는 자기의 결심
을 채택한다.

한사코 놓아주지 않으리라!
네 아무리 철옹성 같다 할지라도!
네 비록 임금의 친척일지라도!
……

그의 결심은 단호하였다. "분개심이 있어도 날아온 기왓장을 원
망하지 않는다"²⁸⁾고 하지만, 그는 지금 털끝만 한 사정도 두지 않는다.
하긴 염라천자에게 책망을 들었으니 어쩔 수 없는 일이다. 그래도 모

든 귀신들 가운데서 인정깨나 있는 것은 활무상이다. 우리가 귀신이 안 된다면 별일이 아니지만, 귀신이 된다면 그래도 활무상만이 비교적 가까이할 수 있는 존재일 것이다.

지금도 명확하게 기억하고 있지만 나는 고향에 있을 때 늘 이렇 듯 흥이 나서 '하등인'들과 함께 귀신이면서도 사람이고 이지적이면서도 인정미가 있고 무서우면서도 사랑스러운 무상을 바라보았으며 그의 얼굴에 떠오르는 울음과 웃음이며 입에서 나오는 무뚝뚝한 말과 익살궂은 말……들을 감상했다.

그러나 신맞이 때의 무상은 연극의 그것과는 좀 달랐다. 그때의 그는 동작만 있을 뿐 말은 없었다. 그는 밥과 찬이 담긴 쟁반을 받쳐 든 어릿광대의 꽁무니를 따라다니며 음식을 얻어먹으려고 하지만 상대방은 주지 않는다. 이 밖에 두 인물이 더 나오는데 그것이 이른바 '정인군자'[29]들이 말하는 무상의 '처자들'[30]이다. 무릇 '하등인'들에게는 늘 자기들이 하고 싶은 것을 남에게 강요하기 좋아하는 공통된 나쁜 버릇이 있다. 그러기에 귀신인 경우에도 그에게 적막함을 주려 하지 않았으며, 모든 귀신들에게 대체로 한 쌍 한 쌍씩 짝을 지어 주려 하였다. 무상도 예외가 아니다. 그러므로 아름다운 여인이나 그저 촌티가 좀 많이 나는 부인을 모두들 무상아주머니라고 불렀다. 이렇게 본다면 무상은 우리와 같은 급이다. 교수선생들과 같은 허세를 부리지 않는 것도 이상하게 볼 필요 없다. 다른 하나는 자그마한 고깔에 흰 옷을 받쳐 입은 어린아이이다. 몸은 작지만 두 어깨가 으쓱 올라가고 눈꼬리가 아래로 축 처졌다. 그는 틀림없이 무상도련님으로 사람들은 그를 아령[31]이라고 불렀다. 그러나 그에 대해서는 모두들 경의를 표하지 않았다. 추측건대 무상아주머니가 데리고 온 전 남편의 자식이기 때문인 듯했다. 그러나 용모가 무상과 어쩌면 그렇게도 닮았는지 알 수 없는 노릇이다. 쉿! 귀신의 일은 말하기 어렵다. 그러므로 이에 대해선 이쯤 알고 잠시 논하지 않는 것이 좋겠다. 그렇지만 무상이 어째서 친자식들이 없는지에 대해서는 올해 들어서 쉽게 이해했다. 그것은 다름이 아니라 귀신들이 앞일을 내다볼 줄 알기 때문에, 아들딸을 많이 두었다가는 빈말하기 좋아하는 놈들로부터 공연히 루블을 받아먹는다는 비꼬임을 받을까 두려워서 오래전부터 연구했거나 아니면 '산아제한'을 했기 때문이다.

밥그릇을 받쳐 든 그 대목이 바로 '무상을 보내다'의 한 장면이다. 그는 혼을 끌어가는 사자이기 때문에 민간에서는 사람이 죽기만 하면 술과 밥을 차려서 공손하게 그를 대접해 보낸다. 그러므로 그에게 음식을 주지 않는 것은 제놀이 때의 장난일 뿐 실제로는 그렇지 않다. 하지만 사람들이 무상과 장난을 치는 것은 그가 솔직하고 말하기 좋아하며 인정머리가 있기 때문이다 —— 참다운 벗을 찾자면 무상이 이상적이다.

어떤 사람들은 무상은 산 사람이 저승으로 간 것이라고 말한다. 다시 말해 원래는 사람인데 꿈속에서 저승으로 가 일을 본다는 것이다. 그래서 인정미가 많다는 것이다. 나는 우리 집에서 얼마 떨어져 있지 않은 자그마한 집에 살던 한 사나이가 자기도 '무상이 된다'고 하면서 늘 문밖에서 향불을 피우고 있던 것을 아직도 기억하고 있다. 하지만 그의 얼굴에는 귀신의 기색이 더 많아 보였다. 그래서 저승에 가서 귀신이 되면 사람 티가 더 난단 말인가? 쉿! 귀신의 일이란 워낙 말하기 어렵다. 이에 대해서도 이쯤 알고 잠시 논하지 않는 것이 좋겠다.

6월 23일

주)_____

1) 원제는 「無常」. 이 글은 1926년 7월 10일 『망위안』 반월간 제1권 제13기에 실렸다.

2) 동악대제(東岳大帝). 도교에서 신봉하는 태산신(泰山神). 한대(漢代)의 위서(緯書) 『효경원신계』(孝經援神契)에 "태산은 천제(天帝)의 손자로 주로 사람의 혼을 부른다"라는 구절이 있다. 또 『이아』(爾雅) 「석산」(釋山)에는 "태산은 동악이다"라고 했다.

3) 노부(鹵簿). 봉건시대 제왕이나 대신이 외출할 때 모시고 따르던 의장대.

4) 옛날 관부에서 상급 기관에 올리는 문서의 마무리 부분에 쓰던 인사말로 여기서는 엄숙하게 서서 경외를 표한다는 뜻으로 쓰였다.

5) 판장(樊江). 사오싱현 성 동쪽 30리 되는 곳에 있는 소도시 이름.

6) 참최(斬衰) 흉복(凶服). 전통 봉건시대 상제에 규정된 중효상복(重孝喪服; 오복五服 중 가장 중한 상복)으로 거친 삼베로 만들고 아래쪽은 꿰매지 않는다.

7) 지정(紙錠). 일종의 미신 용품으로 종이나 주석을 얇게 잘라서 만든 화폐. 옛날 풍속에서는 화장 후 망자에게 주면 '저승'에서 사용할 수 있다고 여겼다.

8) 포공전(包公殿). 송대 포증(包拯, 999~1062)을 모시는 사당. 옛날 미신 전설에 의하면 포증이 죽은 뒤 염라 10전 중 제5전의 염라왕이 되었다고 한다. 동악묘(東岳廟)나 성황묘(城隍廟) 안에 모두 그의 신상(神像)이 있다.

9) 염라왕(閻羅王). 즉 다음 글의 염라대왕으로 소승불교에서 일컫는 지옥의 지배자이다. 『법원주림』(法苑珠林) 권12에서 "염라왕은 옛날 비사국(毗沙國)의 왕이었는데, 유타여생왕(維陀如生王)과 싸움을 했다가 이기지 못해 지옥의 주재자가 되겠다고 했다"는 대목이 있다.

10) '벽에 부딪히다'(碰壁). 베이징여자사범대 학생들이 학장 양인위(楊蔭楡)를 반대한

사건 중 어떤 교원이 학생들을 제지하면서 "너희들은 일을 하면서 벽에 부딪히려고 하지 말라"고 말했다. 작자는 여기에서 이 말을 사용해 풍자의 뜻을 내포했다. 『화개 집』「'벽에 부딪힌' 뒤」참조.

11) 소승불교(小乘佛敎). 초기 불교의 주요 유파로 개인의 수행, 계율 준수와 자아해탈을 중시했다. 뒤에 자칭 많은 중생을 제도한다는 대승불교의 취지와 다름이 있고, 스스로 불교의 정통파라 여긴다.

12) 염마천(閻摩天). 불교에 전하는 말로 '욕계제천'(欲界諸天)의 한 하늘이다. 불경에는 또 '염마계'(閻摩界)가 있는데, 이른바 윤회 6도 안에 있는 아귀도(餓鬼道)의 주재자가 염마왕(琰摩王)으로, 다시 말해 염라왕(閻羅王)이다. 여기에서 말하는 '염마천'(閻摩天)은 응당 지옥의 '염마계'(閻摩界)이다.

13) '모범현'(模範縣). 여기에서는 천시잉에 대한 풍자이다. 천시잉은 우시(無錫) 사람이다. 그는 『현대평론』(現代評論) 제2권 제37기(1925년 8월 22일)의 「한담」에서 일찍이 "우시는 중국의 모범현이다"라고 언급한 적이 있다.

14) 우중상(虞仲翔, 164~233). 이름이 상이고, 삼국 오(吳)나라 후이지(會稽) 위야오(余姚; 지금 저장에 속함) 사람으로 경학가이다. 그가 사오싱을 칭찬한 말이 『삼국지』(三國志)「오서(吳書)·우번전(虞飜傳)」의 주(注)에 우예(虞預)의 『회계전록』(會稽傳錄)을 인용한 대목에 보인다. "후이지는 위로는 견우성과 조응하고, 아래로는 소양(少陽; 동궁)의 위치와 조응하고, 동으로 큰 바다와 연결되고, 서로는 5호(五湖)와 통하고, 남으로는 경계가 끝이 없고, 북으로는 저장에 이른다. 남산이 거처하는 바는 실로 주진(州鎭)으로 옛날 우임금이 군신을 모으고 명령했다. 산에는 쇠, 나무, 조수가 많이 있고, 물에는 물고기, 소금, 진주, 조개가 풍성하다. 바다와 산의 정기를 받아 뛰어난 인물이 잘 나온다. 이 때문에 충신이 연달아 나오고 효자가 마을마다 이어지고 아래로는 어진 여자에게까지 교육하지 않음이 없다."

15) '사오싱 도필리'(紹興師爺). 청대 관청에서 형사 판결 문서를 담당한 관료를 '형명 도필리'(刑名師爺)라고 했다. 일반적으로 법문에 능해 종종 사람들의 화와 복을 좌우할 수 있었다. 당시 사오싱 출신의 막료가 비교적 많았기 때문에 '사오싱 도필리'라는 칭호가 생겨났다. 천시잉은 1926년 1월 30일 『천바오 부간』(晨報副刊)에 발표한 「즈모에게 부치다」(致志摩)라는 편지에서 루쉰에 대해 "고향 사오싱의 형명 도필리 성미가 있다"고 풍자했다.

16) 이 말은 모두 천시잉의 「즈모에게 부치다」에 나온다.

17) 1925년 12월 천시잉 등이 당국이 베이징사범대학생과 교육계 진보인사를 압박하기 위해 조직한 '교육계 공리유지회'를 지지한 것을 가리킨다. 『화개집』「'공리'의 속임수」참조.

18) 이 말은 『아전』(阿典)에 나온다. "떠벌리기만 하는 사내에게는 좋은 약이 없고, 빈손으로 염라대왕을 만난다."

19) "음해하다"라는 말은 천시잉이 「즈모에게 부치다」에서 루쉰을 공격한 말이다. "그는 문장 안에서 몇 번의 음해를 하지 않은 적이 없다."

20) 묵적(墨翟). 즉 묵자(墨子). 『묵자』 15권 안에 「대취」(大取), 「소취」(小取) 두 편이 있다. 「대취」편에 "이익 가운데서 큰 것을 취하고, 해 가운데서 작은 것을 취한다. 해 가운데서 작은 것을 취하라고 하는 것은 해를 취한 것이 아니라 이(利)를 취한 것이다." 『새로 쓴 옛날이야기』(故事新編) 「전쟁을 막은 이야기」(非攻) 및 그 주 참조.

21) '장막극'(大戲)·'목련극'(目連戲). 모두 사오싱의 지방극이다. 청대 범인(範寅)의 『월언』(越諺)에서 "반자(班子; 극단): 창극의 극단을 구성하는 것으로 문반(文班), 무반(武班)으로 구별된다. 문반은 화창(和唱)을 전문적으로 하는데 고조반(高調班)이라 부르고, 무반은 전투를 연기하는데 난탄반(亂彈班)이라 부른다"라는 구절이 있다. 또 "목련반(萬蓮班; 여기서 萬은 木으로 읽는다): 이는 목련을 전문적으로 부르며 극에 일회 출연하는 사람은 백성이 담당한다"고 했다. 고조반과 난탄반은 바로 장막극이다. 목련반은 바로 목련극이다. 『우란분경』(盂蘭盆經)에 의하면 "목련(目連)은 부처의 대제자로 큰 신통력이 있어 지옥에 들어가 어머니를 구한 적이 있다. 당(唐)대에 이미 『대목건연명간구모변문』(大目乾連冥間救母變文)이 있었고, 이후에 각종 희곡 안에 대부분 목련희가 있었다." 『차개정잡문 말편』(且介亭雜文末編) 제5단 참조.

22) 장대(張岱, 1579~1689). 자는 종자(宗子), 호는 도암(陶庵), 저장 산인(山陰; 지금 사오싱)사람으로, 명말(明末)의 문학가이다. 그는 『도암몽억』(陶庵夢憶) 「목련희」(目連戲)에서 당시 공연 상황에 대해 "후이저우(徽州), 징양(旌陽) 지방에서 연극배우를 선발하는데, 몸이 가볍고 정신이 올곧은 씨름에 능한 사람 삼사십 명을 뽑아서 '목련'을 공연했는데 모두 삼일 밤낮이 걸렸다"고 언급했다.

23) '목련나투'(目連喥頭). 나투(할두喥頭)는 사오싱 방언으로 호통(號筒; 나팔)을 뜻하며, 범인의 『월언』에서 "동(銅)으로 만들고 길이가 4척이다"라고 했다. '목련나투'는 일종의 특별히 길게 한 호통이다. 『월언』에서 "도량이나 소귀희(召鬼戲; 귀신을 부르는 연극)에 모두 사용하는데 만련희(萬蓮戲)가 많기 때문에 이름이 지어졌다"고 했다.

24) 진념의(陳念義). 청대 가경·도광 연간의 사오싱의 명의로 섭등양(葉騰驤)의 『증제산인잡지』(證帝山人雜誌) 권5에 기록된 진념이(陳念二)이다. "진념의는 산인 팡차오(方橋) 사람으로, 내가 그 이름은 잊었다. 대대로 의술에 종사했고 의술이 뛰어나다고 일컬어져 원근에서 치료받으러 찾아가는 사람이 끊이지 않았다."

25) 중국어 4개 성조를 표기할 때, 예전에는 평(平), 상(上), 거(去), 입(立)으로 구분했으며, 원문의 '子'는 원래는 거성이거나 성조가 없는 경성(經聲)인데, 사오싱.방언으로 읽을 때에는 입성으로 읽는다는 의미이다.

26) 유중화(兪仲華, 1794~1849). 이름은 만춘(萬春), 자는 중화(仲華), 저장 산인 사람이다. 『비적소탕록』(蕩寇誌: 『결수호전』結水滸傳이라 하기도 함)은 장편소설이고 모두 70회(한 회가 결자되어 있다)로, 양산박 두령들이 이끄는 비적들이 송 왕조에 의해 모두 소탕된다는 내용이다.

27) 『좌전』(左傳) '장공(莊公) 32년'에 "귀신이 총명하고 정직하나이다"라는 말이 있다.

28) 『장자』「달생」(達生)에 나온다. "비록 분개심이 있어도 (바람에) 날아 온 기왓장도 원망하지 않는다." 여기에서 사용한 의미는 마음속에는 비록 분한 마음이 있으나 누구를 원망하지는 않는다는 의미이다.

29) 정인군자(正人君子). 여기의 '정인군자'와 아래의 '교수선생'은 당시 현대평론파의 후스(胡適), 천시잉 등을 지칭한다. 그들은 1925년 베이징여자사범대학 사건 중에 베이양정부 쪽에 서서 루쉰과 여사대의 진보적 교원과 학생을 공격했고 베이양군벌을 옹호하는 『다퉁완바오』(大同晚報)는 같은 해 8월 7일자의 보도 중에 그들을 '정인군자'라고 칭했다.

30) 천시잉이 『현대평론』 제3권 제74기(1926년 5월 8일)의 「한담」에서 "가정의 부담이 날로 무거워지고 수요도 날로 늘어나니 재능 있는 인사들도 어찌할 바를 모르는데 하물며 보통 사람들이야 어쩌겠는가. 그래서 군벌에 매달리고 외국인에게 매달리는 것이 많은 사람들에게는 유일한 방도가 되었고, 일부 지사들도 그런 처지에서 벗어나지 못하는 상황이다. …… 그들 자신은 굶을 수 있어도 처와 자식들은 굶을 수 없지 않은가! 그래서 직접 혹은 간접으로 소비에트 러시아의 돈을 받아 쓰는 사람들도 어찌 이와 같지 않겠는가"라고 말했다.

31) '아령'(阿領). 재혼할 때 데리고 온 전 남편 소생의 아이.

백초원에서 삼미서옥으로[1]

우리 집 뒤쪽에는 매우 큰 정원이 있었는데 대대로 내려오면서 백초원이라고 불러 왔다. 지금은 벌써 그것을 집과 함께 주문공[2]의 자손들에게 팔아 버렸으므로 마지막으로 그 정원을 본 지도 이미 칠팔 년이 된다. 그 안에는 아마 확실히 들풀만 자랐던 것 같다. 하지만 그때 그곳은 나의 낙원이었다.

새파란 남새밭이며 반들반들해진 돌로 만들어진 우물, 키 큰 쥐엄나무, 자주빛 오디, 게다가 나뭇잎에 앉아서 긴 곡조로 울어 대는 매미, 채소 꽃 위에 앉아 있는 통통 누런 벌, 풀숲에서 구름 사이로 불쑥불쑥 솟아오르는 날랜 종다리는 더 말할 것도 없다. 정원 주변에 둘러친 나지막한 토담 근처만 해도 끝없는 정취를 자아냈다. 방울벌레들이 은은히 노래 부르고 귀뚜라미들이 거문고를 타고 있다. 부서진 벽돌을 들추면 가끔 지네들을 만나게 된다. 때로는 가뢰도 있는데, 손가락으로 잔등을 누르면 뽕 하고 방귀를 뀌면서 뒷구멍으로 연기를 폴

싹 내뿜는다. 하수오 덩굴과 목련 가지들이 뒤얽혀 있는데 목련에는 연밥송이 같은 열매가 달려 있고 하수오 덩굴에는 울룩불룩한 뿌리가 달려 있다. 어떤 사람의 말에 의하면 하수오 뿌리는 사람 모양으로 생겼는데 그것을 먹으면 신선이 될 수 있다고 했다. 그래서 나는 늘 그 뿌리를 캐곤 했다. 그것이 끊어지지 않게 뻗은 대로 파 들어가다가 한 번은 담장까지 무너뜨린 일도 있었으나 사람 모양같이 생긴 것은 끝내 캐내지 못했다. 만약 가시만 겁내지 않는다면 복분자딸기도 딸 수 있었는데 아주 작은 산호구슬들을 뭉쳐 만든 조그마한 공 같은 그 열매는 새콤하고 달콤하며 색깔이나 맛이 모두 오디보다 훨씬 나았다.

긴 풀들이 무성한 곳에는 들어가지 않았는데 그곳에는 대단히 큰 붉은 뱀이 있다는 말이 전해지고 있었기 때문이다.

언젠가 키다리 어멈이 나한테 이런 이야기를 들려주었다. 이전에 한 서생이 오래된 절간에서 공부하고 있었다. 한번은 그가 저녁에 바람을 쏘이러 마당에 나갔는데 문뜩 누가 자기를 부르는 것이었다. 대답을 하며 주위를 살펴보니 웬 미녀가 담장 위로 얼굴을 내밀고 그를 향해 방긋 웃어 보이고는 곧 사라져 버렸다. 그는 몹시 기뻤다. 하지만 한담을 하러 찾아온 늙은 화상이 그 기미를 알아차렸다. 늙은 화상은 서생의 얼굴에 요기가 어린 것을 보아 그가 꼭 '미녀뱀'을 만났을 것이라고 말했다. 그것은 사람 머리에 뱀의 몸뚱이를 한 괴물인데 사람의 이름을 부를 줄 알며 만일 그 부름에 대답하기만 하면 밤에 찾아와서 그 사람의 살을 뜯어 먹는다는 것이었다. 그 말에 서생은 기절초풍할 정도로 놀랐다. 그러자 늙은 화상은 별일 없을 테니 마음 놓으라고 하면서 그에게 자그마한 나무갑 한 개를 주며 그것을 베개맡에 놔 두기만 하면 맘 놓고 잘 수 있다고 하였다. 서생은 시키는 대로 했지만 어쨌든 잠을 들 수가 없었다──하긴 그럴 수밖에 없었다. 한밤중이 되자 과연 다가왔다. 사르륵! 사르륵! 문밖에서 비바람 소리가 났다. 그 통에 그는 와들와들 떨고 있는데, 갑자기 휙 하는 소리가 나더니 한 줄기의 금색 빛살이 베개맡에서 쭉 뻗어 나왔다. 바깥에서는 더 이상 아무 소리도 없었다. 뒤이어 그 금색 빛살이 되돌아와 갑 속으로 들어 갔다. 그 뒤에는? 그후에 늙은 화상이 하는 말을 들으니, 그 빛살은 날 아다니는 지네인데 뱀의 뇌수를 빨아먹는다는 것이었다. 그래서 미녀 뱀은 날아다니는 지네한테 죽었다는 것이다.

이 이야기의 교훈인즉 누구든지 낯선 사람이 자기를 부를 적에 절대 대답해서는 안 된다는 것이다.

이 이야기는 나에게 사람 노릇을 하기도 매우 위험하다는 깨달 음을 주었다. 여름밤 밖에 나가 바람을 쐴 때도 늘 겁부터 나면서 담장 곁에는 가 볼 엄두도 못냈다. 한편 늙은 화상이 말하던 그 날아다니는 지네가 들어 있는 나무갑을 얻고 싶은 생각이 간절해지는 것이었다. 백초원 풀숲을 지날 때마다 늘 이런 생각이 들곤 하였다. 하지만 오늘 까지도 날아다니는 지네를 얻지 못하였으며 또한 붉은 뱀이나 미녀뱀 도 만나지 않았다. 물론 낯선 사람들이 나를 부르는 일은 자주 있었지 만 역시 그것은 미녀뱀이 아니었다.

겨울의 백초원은 비교적 무미건조하였다. 그러나 눈만 내리면 딴 판이었다. 눈 위에 사람의 모양을 그리거나(자기의 전체 모습을 찍어놓는다) 눈사람 만드는 놀이는 구경할 사람이 있어야 하는데 백초원은 워낙 황량하여 인적이 드물었으므로 알맞지 않았다. 그래서 새잡기를 하는 수밖에 없었다. 눈이 땅가림이나 할 정도로 내려서는 안 된다. 내린 눈이 땅 위에 한 이틀쯤 덮여 있어 새들이 먹이를 찾지 못해 헤맬 때가 되어야 한다. 그때를 틈타 약간만 눈을 쓸고 땅바닥이 드러나게 한 다음 참대광주리를 가져다 버팀목으로 버텨 놓는다. 그러고는 그 밑에 쭉정이를 좀 뿌려 놓고 멀찌감치 서서 버팀목에 이어진 끈을 멀리서 잡고 기다리다가 새들이 모이를 쪼아 먹으려 대광주리 밑에 들어서면 얼른 끈을 잡아챈다. 광주리를 덮어 버리는 것이다. 대체로 참새들이 많이 잡혔지만 부리 옆에 하얀 털이 난 '할미새'[3]도 더러 잡혔다. 하지만 그놈은 성질이 급해서 하룻밤도 기를 수가 없었다.

이것은 룬투[4]의 아버지가 가르쳐 준 방법인데 나는 그대로 잘하지 못했다. 틀림없이 새들이 들어간 것을 보고 끈을 잡아당겼는데도 달려가 보면 아무것도 없곤 했다. 한나절씩이나 애를 써야 겨우 서너 마리밖에 잡지 못했다. 룬투의 아버지는 얼마 안 되는 사이에 수십 마리나 붙잡아서 망태 안에 넣었다. 새들은 망태 안에서 짹짹 울어 대며 푸드덕거렸다. 내가 그에게 비결이 어디에 있는가 하고 물었더니, 그는 빙그레 웃으면서 도련님은 성질이 너무 급해서 새들이 미처 한가운데로 들어가기 전에 끈을 잡아당겨서 그렇다고 말했다.

나는 왜 집에서 나를 서당에 보냈으며 그것도 도시에서 가장 엄격하다는 서당에 보냈는지 모르겠다. 아마도 내가 하수오 뿌리를 뽑다가 토담을 허물어뜨린 일 때문일까? 아니면 벽돌을 옆집 양 씨네 집에 던진 탓일까? 또 그렇지 않으면 돌우물 위에 올라가 뛰어내리곤 했던 까닭일까……. 나는 그 영문을 도저히 알 수 없었다. 한마디로 말해서 나는 더 이상 백초원에 자주 드나들 수 없게 되었다. Ade,[5] 나의 귀뚜라미들아! Ade, 나의 나무딸기와 목련들아!

대문을 나와 동쪽으로 반리 길도 못 미쳐 돌다리를 건너면 곧 내 선생[6] 집이다. 까맣고 반지르르한 참대 삽짝문을 들어서면 세번째 칸이 바로 서재였다. 서재의 정면 벽 한복판에 삼미서옥[7]이란 편액이 걸려 있고, 그 아래에는 크고 살찐 꽃사슴 한 마리가 고목나무 밑에 엎드려 있는 그림이 있었다. 공자의 위패가 없었으므로 우리는 그 현판과 사슴을 향하여 절을 두 번씩 하곤 했다. 첫번째는 공자에게 하는 것이고 두번째는 선생님에게 하는 것이었다.

두번째 절을 할 때면 선생님은 한 옆에 나서서 부드럽게 답례를 하였다. 그는 후리후리한 키에 수척한 노인인데 머리와 수염이 하얗게 세었으며 돋보기를 꼈다. 나는 그를 몹시 공경했는데, 오래전부터 그가 우리 도시에서 가장 방정하고 소박하며 박식한 분이라는 말을 들었기 때문이다.

어디서 얻어들었는지는 알 수 없으나 동방삭[8]도 박식가인데 그는 '괴이한'[9]이라는 이름을 가진 벌레를 알고 있었다고 한다. 원한이 변화해서 된 그 벌레는 술만 끼얹으면 형체가 사라지고 만다는 것이다. 나는 이 이야기를 무척 자세히 알고 싶었으나 키다리 어멈은 알지 못하였다. 아마 그녀는 필경 박식가가 아니었던 모양이다. 그러던 차에 마침 선생님한테 물어볼 기회를 가지게 되었다.

"선생님, '괴이한' 벌레는 도대체 어떤 벌레입니까?"

나는 새 책의 공부가 끝나기 무섭게 얼른 물어보았다.

"모르겠다!"

선생님은 몹시 불쾌한 듯 얼굴에 노기마저 서렸다.

그제야 나는 학생으로서는 그런 걸 물어서는 안 되며 글만 읽어야 한다는 것을 알게 되었다. 선생님은 박식한 대학자였으므로 절대로 그것을 모를 리 없었다. 그가 모른다고 하는 것은 그저 말하기 싫어서인 듯했다. 나보다 나이가 많은 사람들이 늘 그렇게 하는 것을 나는 이전에도 여러 번 겪었다.

그후부터 나는 글공부에만 열심이었다. 한낮에는 습자를 하고 저녁에는 대구를 맞추었다.[10] 선생님은 처음 며칠 동안은 나를 매우 엄하게 대하더니 그후부터는 태도가 너그러워지기 시작하였다. 하지만 나한테 읽히는 책은 점점 더 늘어났고 대구 맞추기도 자수가 차차 더 많아져 삼언으로부터 오언으로, 마지막에는 칠언까지 이르렀다.

삼미서옥 뒤에도 정원이 있었는데, 비록 조그마했지만 화단 위에 올라가서 새양나무꽃을 꺾을 수도 있고 땅이나 계수나무 가지에서 매미 허물 같은 것을 주울 수도 있었다. 무엇보다도 가장 재미있는 놀음은 파리를 잡아서 개미들에게 먹이는 일이었는데 소리 없이 조용히 할 수 있었다. 하지만 동창들이 너무 많이 모이거나 오래 있으면 안 되었다. 그렇게만 되면 영락없이 서당에서 선생님의 성난 목소리가 울려 오는 것이다.

"다들 어디로 갔느냐!"

그러면 아이들은 한 사람 한 사람씩 뒤를 이어 돌아가야 했다. 함께 한꺼번에 들어가도 안 되었다. 선생님의 손에 매가 들려 있으나 선생님은 여간해서는 그것을 자주 사용하지는 않았다. 꿇어앉히는 벌칙도 있었으나 그것도 자주 쓰지는 않았다. 그저 눈을 부릅뜨며 호통을 치기 일쑤였다.

"책을 읽어라!"

그러면 모두들 목청을 돋우어 책들을 읽어 대는데 그야말로 솥이 끓어오르듯 와글거렸다. "인은 멀어도, 내가 인을 얻으려고 마음만 먹으면 인은 찾아오도다"라는 구절을 읽는 아이가 있는가 하면 "남의 이 빠진 것을 비웃어 가로되 개구멍이 크게 열렸다 하도다"라는 구절을 읽는 아이도 있었다. 또 그런가 하면 "초아흐렛날 용이 숨으니 아무것도 하지 말지어다"라는 구절을 읽는 아이도 있었고 "그 땅의 밭은 상의 하로 7등급이나 부세는 6등급이고 바치는 공물은 그령 풀과 귤, 유자뿐이었다"[11]라는 구절을 읽는 아이도 있었다.…… 이럴 때면 선생님 자신도 같이 글을 읽곤 하였다. 나중에 우리의 글소리는 점점 낮아지고 잦아들지만 유독 선생님의 글소리만은 낭랑하게 울렸다.

"철 여의라, 가득한 좌중을 마음대로 지휘하니 모두들 놀라도다.…… 금종지에 철철 넘게 따른 미주 일천 잔을 마셔도 취하지 않도다……."[12]

나는 이 글이 가장 좋은 글이 아닐까 생각했다. 이 대목을 읽을 때면 선생님은 언제나 얼굴에 미소를 띄우고 고개를 높이 치들고 머리를 휘휘 저어 대며 자꾸만 뒤로 젖히기 때문이었다.

선생님이 글 읽기에 정신이 빠져 있을 때가 우리들에겐 더없이 좋은 기회였다. 몇몇 아이들이 종이로 만든 투구를 손가락에 끼워 가지고는 장난을 쳤으며 나는 '형천지' 종이를 소설책에 나오는 그림 위에다 펴놓고 습자할 때 본을 뜨듯이 그림을 복사했다.[13] 읽는 책이 많아짐에 따라 복사한 그림도 많아졌다. 글은 별로 읽지 못했지만 그림 성과만은 괜찮았다. 이런 그림들 가운데서 그래도 줄거리가 이루어진 것은 『비적소탕록』과 『서유기』[14]의 인물화인데 각각 두툼하게 한 책씩은 되었다. 그후 나는 용돈이 필요해서 그 그림책을 돈 있는 집 동창에게 팔아 버렸다. 그의 아버지는 지전紙錢 가게를 운영했는데, 듣자 하니 지금은 그 자신이 주인이 되었으며 머지 않아 곧 신사紳士의 지위에 올라가게 된다는 것이다. 그러니 그 그림책은 벌써 없어져 버렸을 것이다.

9월 18일

주)_____

1) 원제는 「從百草園到三味書屋」, 이 글은 1926년 10월 10일 『망위안』 반월간 제1권 제19기에 발표되었다.

2) 주문공(朱文公), 즉 주희(朱熹). '문'(文)은 송 영종(寧宗)이 하사한 그의 시호이다. 작가의 사오싱 고향집은 1919년에 성이 주(朱)씨인 사람에게 팔렸다. 그래서 여기에서 우스갯소리로 "주문공의 자손에게 팔았다"고 한 것이다.

3) '장비새'(張飛鳥). 즉 할미새(척령鶺鴒)이다. 머리 부분은 둥글고 흑색이며 앞 이마가 순백이다. 경극 무대에 나오는 『삼국지』 장비의 얼굴 화장과 매우 닮아서 저장의 동쪽 지방에서는 그 새를 '장비새'라고 부른다.

4) '룬투'(閏土). 『외침』에 수록된 소설 「고향」에 나오는 인물로 장원수이(章運水)의 모델이다. 사오싱 다오쉬샹(道墟鄕) 두푸(杜浦; 지금은 상위현에 속함) 사람이다. 그의 아버지는 이름이 푸칭(福慶)으로 농민이며 죽세공을 겸했고, 자주 저자의 집에 와서 임시로 일을 했다.

5) Ade. 독일어로 '잘 있거라'의 의미.

6) 서우화이젠(壽懷鑒, 1840~1930)을 지칭. 자는 징우(鏡悟), 청말의 수재(秀才)였다.

7) 삼미서옥(三味書屋). 저자의 사오싱 고향집 부근에 있는데, 현재는 이 집과 백초원 모두 사오싱 루쉰기념관의 일부분이 되었다. 저우쭤런(周作人, 周遐壽)의 『루쉰소설 속의 인물』(魯迅小說里的人物) 「백초원과 삼미서옥」(百草園和三味書屋)에 따르면, "삼미서옥 명칭의 의미에 대해, 일찍이 서우주린(壽洙隣; 서우화이젠의 차남으로 저우쭤런의 서당 스승이었다) 선생에게 여쭈어 본 결과, 옛사람의 말에 '책 속에 세 가지 맛이 있다'(書有三味). 경서(經書)는 밥과 같고, 사서(史書)는 고기와 같고, 자서(子書)는 조미료와 같다. 그는 대체적 의미는 이와 같다고 기억했으나, 원명과 그 인물은 이미 잊어버렸다고 말했다." 송대 학자 이숙(李淑)의 『『한단서목』 서』(邯鄲書目序)에 "시서(詩書)는 진한 국물 맛이고, 사서(史書)는 저민 고기 맛이고, 자서(子書)는 식초와 젓갈 맛이니, 삼미라고 한다"는 말이 있다.

8) 동방삭(東方朔, B.C. 154~93). 자는 만천(曼倩), 핑위안(平原) 옌츠(厭次; 지금의 산둥 후이민惠民) 사람으로 서한(西漢) 시대 문학가. 그는 한 무제의 시신으로 임금에게 풍간(諷諫)을 잘했고 해학도 뛰어났다. 예전에는 그에 대한 전설이 많았다. 『사기』(史記) 「골계열전」(滑稽列傳) 참조.

9) '괴재'(怪哉). 전설에 나오는 괴이한 벌레. 『고소설구침』(古小說鉤沈) 「소설」에 따르면 다음과 같은 이야기가 있다. "무제가 감천궁(甘泉宮)으로 행차할 때, 길 가운데에 붉은색 벌레가 있었다. 머리, 눈, 이빨, 귀, 코가 다 갖추어져 있었으나 이를 보고 아무도 알지 못했다. 황제가 동박삭에게 그것을 살펴보라고 명했다. 삭이 대답하기를 '이것은 괴이함입니다'라고 답했다. 예전 진(秦)나라 시기에 무고하게 잡혀 들어간 서민 대중들이 모두 그 비애와 원한을 품고 머리를 쳐들고 하늘에 탄식하며 괴이하다, 괴이하다 외쳤습니다. 하늘을 감동시켜서 그 분노가 이것을 탄생시켰습니다. 그래서 이

름이 '괴이한'입니다. 이곳은 틀림없이 진나라의 감옥이 있던 곳입니다.' 즉시 지도를 살펴보니 과연 진나라의 감옥이 처한 곳이었다. 황제가 다시 '어떻게 하면 이 벌레를 뚫고 지나갈 수 있을까?' 하고 묻자, 동방삭이 '무릇 슬픈 것은 술로써 풀어야 하니, 술을 권하면 사라질 것입니다'고 대답했다. 그래서 사람들을 시켜서 벌레를 잡아서 술 속에 넣었더니 순식간에 문드러져 사라져 버렸다."

10) 옛날 서당에서 학생들에게 대구를 연습시키는 방법으로 허실평측(虛實平仄)의 글 자를 대응시키는 것이다 예를 들면 '복숭아는 붉도다'(桃紅)의 대구는 '버드나무는 푸르네'(柳綠)와 같은 방법이다.

11) 이것은 모두 예전에 서당에서 읽던 교과서에 나오는 구절이다. "인은 멀어도, 내가 인을 얻으려고 마음만 먹으면 인은 찾아오도다"라는 구절은 『논어』 「술이」편에 나 온다. "남의 이 빠진 것을 비웃어 가로되 개구멍이 크게 열렸다 하도다"는 『유학경 림』(幼學瓊林) 「신체」(身體)편에 나온다. "초아흐렛날 용이 숨으니 아무것도 하지 말 지어다"는 『주역』 「건」(乾)에 나온다. "그 땅의 밭은 상의 하로 7등급이나 부세는 6 등급이고 바치는 공물은 그령 풀과 귤, 유자뿐이었다." 이 구절은 학생이 읽을 때 『상 서』 「우공」(禹貢)을 잘못 읽은 것이다. 원문은 "그 땅의 밭은 하의 하로 9등급이나 부 세는 하의 상으로 7등급, 혹은 6등급도 있었다. …… 귤과 유자를 잘 포장하여 공무 로 바쳤다"이다.

12) '철 여의라'와 같은 말은 청말의 유한(劉翰)이 지은 「이극용(李克用)이 산추이강(三 垂崗)에서 술을 베푸는 부(賦)」에 나오는 구절이다. 원문은 "옥 여의라, 가득한 좌중 을 마음대로 지휘하니 모두들 놀라도다. …… 금종지에 철철 넘게 따른 미주 일천 잔 을 마셔도 취하지 않도다." 유한은 장쑤 우진(武進) 사람으로 강음남청서원(江陰南 菁書院) 학생이었다.

13) 명청 이래 통속소설의 책머리에는 책 속 등장인물의 스케치가 그려져 있다.

14) 『서유기』(西遊記). 명대 오승은(1500~약 1582)이 지은 장편소설로 100회에 달한다.

아버지의 병환[1]

아마 십여 년 전이었던 것 같은데 그때 S성[2] 안에서는 어떤 명의에 대한 이야기가 자자하게 떠돌고 있었다.

그는 한 번 왕진에 본래 1원 40전을 받았는데 특별히 청하면 10원을 받았고 밤이면 그 갑절을, 성안을 벗어나는 경우에는 또 그 갑절을 받았다. 어느 날 밤 성 밖에 있는 어느 집 처녀가 갑작스레 병이 나서 그를 청하러 왔다. 그때 그는 벌써 왕진 다니기를 귀찮아할 정도로 살림이 넉넉했으므로 백 원을 내지 않으면 안 가겠다고 했다. 그를 청하러 왔던 사람들은 요구대로 하는 수밖에 없었다. 환자의 집으로 간 그는 건성으로 진맥하고서 "별일 없겠소" 하며 처방문 한 장을 써 주고는 백 원을 받아 가지고 가 버렸다. 환자의 집에는 돈이 꽤 있었던 모양으로 그 이튿날 또 청하러 왔다. 의사가 그 집 문 앞에 이르자 주인은 웃는 얼굴로 맞아들였다. "어제 저녁 선생님의 약을 먹었더니 병이 퍽 나아졌습니다. 그래서 선생님을 한 번 더 청하게 되었습니다."

주인이 이렇게 말했다. 그를 방으로 데리고 들어가니 어머니가 환자의 손을 휘장 밖으로 꺼내 놓았다. 맥을 짚어 보니 손이 얼음장같이 차고 맥박도 뛰지 않았다. 그러나 그는 머리를 끄덕이며, "음, 이 병은 제가 잘 압니다" 하고는 태연한 걸음으로 책상 앞에 다가가 처방지를 꺼내어 붓을 들고 써 내려갔다.

"계산서대로 은전[3] 백 원을 지불할 것."

그런 다음 아래에 서명을 하고 도장을 눌렀다.

"선생님, 보아 하니 수월찮은 병인 것 같은데 아마도 약을 좀더 세게 써야 하지 않을까요." 주인이 의사의 등 뒤에서 말하였다.

"그렇게 하지요." 다시 다른 처방지에다 써 내려갔다.

"계산서대로 은전 이백 원을 지불할 것." 그런 다음 또 그 아래에 서명을 하고 도장을 눌렀다.

주인은 그 처방을 받아 쥐고 그를 문밖까지 깍듯이 바래다주었다는 것이다.

나도 일찍이 이 명의와 만 이태 동안이나 상종한 적이 있었다. 그것은 그가 하루 건너 한 번씩 와서 아버지의 병을 보아 주었기 때문이었다. 그때 그는 벌써 이름이 난 의사였지만 왕진 다니기를 그처럼 귀찮아할 정도로 살림이 넉넉하지는 못했다. 그러나 진찰비만은 1원 40전씩 받았다. 지금은 도시에서 진찰 한 번 하는데 10원이 드는 것도 별로 이상하지 않지만, 그때는 1원 40전이면 큰돈이어서 그것을 마련하기가 쉽지 않았다. 게다가 하루 건너 한 번씩이었으니. 확실히 그는 좀 유별났다. 떠도는 말에 의하면 약 쓰는 법이 다른 의사들과는 다르다는 것이다. 나는 약품에 대해서는 잘 몰랐으나 '보조약'을 얻기 힘들다는 생각만은 절실했다. 약처방을 한번 새로 바꾸기만 하면 눈코 뜰 새 없이 바빠 보내야 했다. 먼저 기본약을 산 다음 다시 보조약을 구했다. 그는 '생강' 두 쪽이라든가 끝을 잘라 낸 대나무 잎사귀 열 잎 같은 것은 아예 쓰지도 않았다. 제일 간단한 것은 갈뿌리였는데 냇가로 가서 캐와야만 했다. 3년 서리 맞은 사탕수수를 써야 할 경우에는 아무리 적게 걸린대도 이삼 일은 걸려야 했다. 하지만 이상하게도 나중에는 어떻든 다 구할 수 있었다.

떠도는 말에 의하면 약효의 신묘함이 바로 여기에 있다는 것이다. 옛날에 한 환자가 있었는데 그는 별의별 약을 다 써도 효험이 없었다. 그러다가 섭천사[4]라나 뭐라나 하는 의사를 만나 그전 처방에다 한 가지 보조약을 넣었는데, 그것은 오동잎이었다. 복용하자마자 병이 대뜸 씻은 듯이 나았다는 것이다. 워낙 '의술은 생각'[5]인바, 그때는 가을철이라 오동이 가을기운을 먼저 안다는 것이다. 이전에 별의별 약을 다 써도 병이 낫지 않았지만 이제 가을 기운이 움직이니, 그 기운을 감지해서 …… 낫게 되었다는 것이다. 나는 그 이치를 똑똑히 알지는 못하였지만 어쨌든 몹시 탄복했다. 이른바 영약이라는 것은 모두 구하기가 아주 쉽지 않다는 것, 또 그러기에 신선이 되려는 사람들은 목숨까지 내걸고 깊은 산속으로 약 캐러 들어간다는 것을 알게 되었다.

이렇게 이태 동안 점차 친숙해져서 친구같이 되었다. 아버지의 수종병[6]은 날이 갈수록 더 악화되어 마침내는 자리에서 일어날 수조차 없게 되었다. 나도 3년 서리 맞은 사탕수수 따위들에 대하여 차츰 신뢰감을 잃고 보조약을 구하는 데도 그전처럼 극성을 부리지는 않았다. 바로 이러던 어느 날, 왕진을 왔던 그는 아버지의 병세를 물어보고 나서 자못 간곡하게 말하는 것이었다.

"제가 가지고 있는 의술을 다 써 봤습니다. 천롄허[7]라는 선생이 계시는데 그분은 저보다 의술이 높습니다. 제 생각에 그분을 추천하니 한번 병을 보여 보십시오. 제가 편지를 한 장 써 드리겠습니다. 병은 아직 대수롭지 않습니다만 그 선생의 손을 빌리게 되면 더 빨리 나을 수도 있을 테니까……."

이날은 모두들 기분이 썩 좋지 못한 것 같았다. 여느 때와 마찬가지로 내가 그를 가마에까지 공손히 바래다주었다. 그를 배웅해 주고 들어오니 아버지는 얼굴빛이 질려 가지고 방 안에 있는 사람들과 이야기를 하고 있었다. 그 이야기인즉 대체로 자기의 병은 고칠 가망이 없으며, 그 의사가 이태 동안이나 자기의 병을 보아 왔지만 아무런 효과도 없고 이제는 게다가 서로 익숙해져서 정으로 보아도 딱하게 된 것을 피하기 어렵게 되고 병이 위독해지자 다른 의사를 대신 소개하고 자기는 손을 털고 나앉으려 한다는 것이었다. 그렇지만 또 무슨 수가 있겠는가? 우리 고장의 명의로는 그를 제외하고는 사실 천롄허밖에 없었다. 그러니 다음 날은 천롄허를 청해 오는 수밖에 없었다.

천롄허도 진찰비는 1원 40전을 받았다. 이전의 명의는 얼굴이 둥글고 통통했지만 이번 의사는 얼굴이 길쭉하고 통통했다. 이 점이 자못 달랐다. 또 약 쓰는 법이 달라서, 이전 명의의 약은 혼자서도 다 구할 수 있었지만 이번에는 혼자서는 어떻게 처리할 수가 없었다. 그의 처방전에는 언제나 특수한 알약과 가루약, 그리고 기이한 보조약이 들어 있었다.

그는 갈뿌리나 3년 서리 맞은 사탕수수 같은 것은 예전부터 쓰지 않았다. 가장 평범한 것이 '귀뚜라미 한 쌍'이었는데, 옆에다 잔글씨로 주까지 달아 놓았다. "처음에 짝을 지은 것, 다시 말해서 본래부터 한 둥지에 있던 것." 벌레들도 정조를 지켜야 하므로 재취를 하거나 재가를 해서는 약재로 쓰일 자격조차 없었다. 그러나 이것은 나에게 있어서 어려운 일이 아니었다. 백초원에 들어가면 열 쌍이라도 손쉽게 잡을 수 있었다. 그것들을 실로 동여매어 끓는 탕약 속에 넣으면 끝나는 일이었다. 하지만 그 밖에도 '평지목[8] 10주'라는 것이 있었는데 그것이 무엇인지는 아무도 몰랐다. 그래서 약방에도 물어보고 촌사람들한테도 물어보고 약장수들한테도 물어보고 노인들한테도 물어보고 서생들한테도 물어보고 목수들한테도 물어보았으나 모두 머리를 가로젓는 것이었다. 나중에야 화초를 가꾸기를 즐겨하는 먼 촌수의 친척집 할아버지 한 분이 생각나서, 그분에게 달려가 물어보았더니 과연 그것을 알고 있었다. 그것은 산속 큰 나무 아래서 자라는 자그마한 나무로 작은 산호구슬과 같은 빨간 열매가 열리는데 보통 '노불대'老弗大 라고 한다는 것이었다.

"쇠 신발이 다 닳도록 돌아다녀도 찾을 길이 없었는데, 그것을 얻자니 아무 힘도 들지 않고 얻는구나"라는 말이 있듯이 그 보조약도 마침내 구했다. 하지만 이 밖에 또 한 가지 특수한 환약을 더 구해야 했다. 그것은 '패고피환'敗鼓皮丸이었다. 이 '패고피환'은 낡아 빠진 오래된 북가죽으로 만든 환약이었다. 수종병은 다른 이름으로는 배가 북처럼 팽팽하게 불어나기 때문에 고창鼓脹이라 불렸는데, 낡아 빠진 북가죽을 쓰면 자연스럽게 그 병을 다스릴 수 있다는 것이었다. 청나라의 강의剛毅는 '서양도깨비들'을 증오하였기 때문에 그들을 쳐부술 준비로 군대를 훈련시켰는데 그 군대를 '호신영'[9]이라 불렀다. 이것은 범은 양을 잡아먹을 수 있으며 신은 도깨비를 이길 수 있다는 뜻인데 그 이치는 한가지였다. 그런데 유감스럽게도 이 신비한 약은 온 도시에서 우리 집에서 오 리쯤 떨어진 어떤 약방에서만 팔았다. 하지만 이 약은 천롄허 선생이 약처방을 써 주면서 간절하게 자세히 알려 주었으므로 평지목을 구할 때처럼 고생스레 찾아다니지 않아도 되었다.

"나한테 한 가지 단약이 있는데……." 한번은 천롄허 선생이 이런 말을 꺼내었다.

"그 약을 혀에 바르기만 하면 꼭 효험을 볼 수 있을 것 같습니다. 혀는 마음의 가장 예민한 첫 부분이니까……. 가격도 뭐 비싸지 않습니다. 한 통에 2원밖에 안 되니까……."

아버지는 한참 깊은 생각에 잠겨 있다가 머리를 흔들었다. "내가 이렇게 약을 써서는 별반 큰 효험을 볼 것 같지 않습니다." 천롄허 선생은 그후 어느 땐가 또 말을 꺼내었다. "제 생각에, 다른 사람을 청하여 전생에 무슨 척진 일이나 잘못된 일이 없는지 밝혀 보는 것이 좋지 않을까요……. 의사는 병은 치료할 수 있어도 사람의 명은 다스릴 수 없으니까요. 이 병도 혹시 전생의 일로 해서……."

그때도 아버지는 깊은 생각에 잠겨 있다가 머리를 흔들었다.

무릇 명의라 하면 모두 기사회생의 능력을 지니고 있다. 우리가 의사 집 문 앞을 지날 때면 늘 이런 글을 써 붙인 편액을 볼 수 있다. 지금은 그래도 얼마간 겸손해져서 의사들 자신도 "서양 의사는 외과에 능하고 중국 의사는 내과에 능하다"고 말하지만, 그때 S성에는 서양의가 없었을 뿐만 아니라, 세상에 서양의가 있다는 것을 누구도 몰랐다. 그러므로 무슨 병이든 모두 헌원과 기백[10]의 직계 제자들이 도맡아 보았다. 헌원 시절에는 무당과 의사의 구별이 없었다. 그러므로 줄곧 오늘까지도 그 제자들은 귀신놀음을 하며 "혀는 마음의 예민한 첫 부분"이라고 생각하고 있다. 이것이 바로 중국 사람들의 '운명'으로 명의들마저도 치료할 수 없는 것이다.

영약인 단약도 혀에 대려 하지 않고 '척진 일이나 잘못된 일' 같은 것도 생각해 낼 수 없으니 그저 백여 일 동안 '낡아 빠진 북가죽으로 만든 환약'이나 먹을 수밖에 없었다. 그러니 그게 무슨 소용이 있었겠는가? 수종병이 조금도 꺼져 내리지 않아 아버지는 마침내 아주 자리에 누워 기침을 할 뿐이었다. 다시 천롄허 선생을 청했는데. 이번은 특별왕진으로 은전 10원이나 주었다. 그는 예와 다름없이 태연하게 처방전을 써 주었는데 이번에는 그 '패고피환'도 사용하지 않고 보조약도 그다지 신묘한 것이 아니었다. 그래서 한나절도 못 되어 약을 구해다 달여서 아버지께 드렸더니 아버지는 그 약을 도로 다 토해 버렸다.

이때부터 나는 두번 다시 천롄허 선생과 거래하지 않았다. 이따금 거리에서나 쾌속 삼인교에 앉아 날듯이 지나가는 그를 보았을 뿐이다. 소문에 의하면 그는 아직도 건강하며 지금도 의사를 하는 한편 무슨 중의학보[11]인가 하는 것을 꾸려서 외과밖에 모르는 서양 의사와 어깨를 견주고 있다고 한다.

중국 사람과 외국 사람의 사상은 확실히 좀 다른 점이 있다. 듣자 하니 중국의 효자들은 '죄악이 깊어 부모에게 재앙이 미치게'[12] 되면 인삼을 몇 근 사서 달여 장복시켜 드려서 부모들이 며칠, 아니 다만 반나절이라도 더 숨이 더 붙어 있게 한다. 그러나 나한테 의학을 가르쳐 주던 한 선생은 의사의 직책이란 고칠 수 있는 병은 마땅히 고쳐야 하며 고칠 수 없는 병은 환자가 고통없이 죽도록 해주어야 하는 것이라고 나에게 알려 주었다——물론 그 선생은 서양 의사였다.

아버지의 기침은 퍽이나 오래갔고 그 소리를 들으면 나도 매우 괴로웠다. 하지만 누구 하나 그를 도와줄 수 없었다. 때로 나는 순간적으로나마 "아버지가 얼른 숨을 거두었으면……" 하는 생각이 섬광처럼 들곤 했다. 하지만 이내 그것은 옳지 못한 생각이며 죄스러운 일이라고 느꼈다. 그러면서도 동시에 그 생각은 실로 정당한 것이며 나는 아버지를 몹시 사랑한다고 느꼈다. 지금도 나는 그렇게 생각한다.

아침에 같은 부지 안에 사는 연부인[13]이 찾아왔다. 예절에 밝은 그 여인은 우리를 보고 그저 가만히 앉아 기다리기만 해서는 안 된다고 말하였다. 그래서 우리는 아버지에게 옷을 갈아입히고 종이돈과 『고왕경』인지 뭔지 하는 책을 태워서[14] 그 재를 종이에 싸 가지고 아버지의 손에 쥐어 드렸다…….

"애야, 아버지를 불러라. 숨이 지신다. 어서 불러!" 하는 연부인의
말에 나는,

"아버지! 아버지!" 하고 불렀다.

"더 큰 소리로 불러라! 듣지 못하시는가 봐. 어서 부르라는데도."

"아버지! 아버지!"

평온해졌던 아버지의 얼굴에 갑자기 긴장한 빛이 떠돌았다. 눈을
살며시 뜨는데 적이 고통스러워하시는 것 같았다.

"얘, 또 불러라, 어서!"

하고 연부인이 나를 들볶았다.

"아버지!"

"왜 그러니? …… 떠들지 말아…… 떠들지……."

아버지는 기진맥진한 소리로 떠듬거리며 가쁜 숨을 몰아쉬는 것
이었다. 한참 후에야 원상대로 평온해졌다.

"아버지!"

나는 아버지가 숨을 거두실 때까지 계속 이렇게 불렀다.

나는 지금도 그때의 내 목소리가 귀에 들리는 듯싶다. 또 그럴 때
마다 나는 그것은 정말 아버지에 대한 나의 가장 큰 잘못이었다고 생
각한다.

10월 7일

주)_____

1) 원제는「父親的病」. 이 글은 1926년 11월 10일 『망위안』 반월간 제1권 제21기에 발표
되었다.

2) S성(城). 여기서는 사오싱(紹興)을 가리킨다.

3) 은전은 영양(英洋) 즉 '응양'(鷹洋; 멕시코 은화)이다.

4) 섭천사(葉天士, 1667~1746). 이름은 계(桂), 호는 향암(香岩), 장쑤 우현(吳縣) 사람이
다. 청나라 건륭 때의 명의이다. 그의 문하생이 일찍이 그 약방(藥方)을 수집해『임증
지남의안』(臨證指南醫案) 10권을 엮었다. 청대의 왕우량(王友亮)이 편찬한『쌍패재
문집』(雙佩齋文集)「섭천사소전」(葉天士小傳)에 오동잎으로 약을 만들었다는 기록
이 있다. "이웃집 부인이 난산을 하자, 다른 의원의 처방전을 그 남편이 가지고 와서
섭천사에게 묻자 거기에 오동잎 하나를 첨가해 주었다. 아이를 바로 낳았다. 그 뒤에
도 효험을 본 사람이 있었다. 섭천사가 웃으면서 '내가 전에 오동잎을 사용했는데, 입
추를 만났기 때문이었소! 지금은 무슨 이로움이 있겠는가? 때에 맞추어 제조했다오.
옛 법에 구속되지 않는 것이 이처럼 많이 있소. 비록 의사로 늙었더라도 예측할 수
없다오.'"

5) '의(醫)는 의(意)이다'. 이 말은『후한서』「곽옥전」(郭玉傳)에 나온다. "의(醫)라는 말은
의(意)이다. 주리(腠理; 인체의 맥락이 집결되어 있는 곳)는 매우 미묘하기에 기(氣)에
따라 교묘히 사용해야 한다." 또 송대의 축목(祝穆)이 편찬한『고금사문유취』(古今事
文類聚) 전집에 "당나라 허윤종(許胤宗)은 의술에 능했다. 어떤 이가 책을 써 보라고
권하자 '의(醫)란 의(意)이다. 생각이 정밀하면 그 뜻을 얻는데, 내가 뜻을 이해한바
그것을 입으로는 말할 수 없다'"라고 대답했다.

6) 한방에서 심장, 신장 등의 부종을 말함.

7) 천롄허(陳蓮河). 즉 허롄천(何廉臣, 1861~1929)을 가리킨다(중국어 음에 따라 역으로
이름을 만든 것이다). 당시 사오싱의 한의사이다.

8) 평지목(平地木). 즉 자금목(紫金牛)이다. 상록 소관목(小灌木)으로 일종의 약용식물
이다.

9) 호신영(虎神營). 청말 단군(端郡) 왕재의(王載漪; 본문에는 강의剛毅로 되어 있는데 오
기인 것 같다)가 창설하고 지휘하던 황실경호대. 이희성(李希聖)의『경자국변기』(庚
子國變記)에서 "호신영이라는 것은 호랑이가 양을 잡아먹고 신(神)이 귀(鬼)를 다스
린다는 의미로, 서양귀신을 저주하는 이름이다"라고 했다. 중국어에서 서양도깨비란

의미에서 쓰는 바다 양(洋)자와 양 양(羊)자는 음이 같다. 범이 양을 잡아먹는다는 것은 서양을 이긴다는 의미이다.

10) 헌원(軒轅)과 기백(岐伯). 헌원은 바로 황제(黃帝)로 전설에 나오는 상고제왕이다. 기백은 전설에 나오는 명의이다. 지금 전하는 명의학 고적 『황제내경』(黃帝內經)은 전국(戰國) 진한(秦漢) 때의 의술가의 탁명으로 황제와 기백이 지었다. 그중 「소문」(素問)부분에 황제와 기백의 문답 형식을 사용해 병리(病理)를 토론했다. 때문에 후대에 늘 의술이 고명한 사람을 '술정기황'(術精岐黃; 의술이 정교한 기백과 황제)이라 한다.

11) 『사오싱 의약월보』(紹興醫藥月報)를 가리킨다. 1924년 봄 창간되었고, 허롄천이 부편집을 담당했고, 제1기에 「본보의 종지적 선언」(本報宗旨之宣言)을 발표해 '국수'(國粹)를 선양했다.

12) 죄가 아주 중하면 화가 부모에게 미친다. 옛날 일부 사람들이 부모 사후에 보내는 부고 안에 항상 "불효자 ××의 죄가 심중하나 스스로 죽지 못해 화가 돌아가신 아버지(어머니)에게 미친다" 등의 상투어가 있다.

13) 연부인(衍太太). 작자의 종숙조 주자전(周子傳)의 처.

14) 『고왕경』(高王經)은 바로 『고왕관세음』(高王觀世音)이다. 『위서』(魏書) 「노경유전」(盧景裕傳)에 "…… 어떤 사람이 죄를 짓고 죽게 되었을 때 꿈에 승려가 나와 불경을 강의했다. 깨어나 꿈에서처럼 불경을 천 번 암송하고 형장에서 목이 잘리려 했다. 주인이 이를 듣고 그를 사면했다"라고 한다. 이 경전이 세상에 퍼졌는데 『고왕관세음』이라 부른다. 옛날 풍속에 사람이 죽을 때 『고왕경』을 태워 만든 재를 죽은 사람의 손에 쥐어 주는데 아마도 이 이야기에서 기원한 것 같다. 죽은 사람이 '저승'에 가서 형을 받을 때 고통을 덜어 줄 수 있다는 의미이다. 종이돈을 태운 재를 쥐어 주는 것은 죽은 사람에게 용돈을 마련해 준다는 의미이다.

사소한 기록[1]

지금쯤 연부인은 벌써 할머니가 되었거나, 아니면 증조할머니가 되었을지도 모른다. 하지만 그때는 아직 젊어서 나보다 서너 살 위인 아들아이 하나밖에 없었다. 그는 자기 아들에게는 엄하게 굴었지만 남의 집 아이들에게는 무던히도 너그러웠고, 누가 일을 저질러도 결코 그애 부모들에게 일러바치는 일이 없었다. 그러므로 우리는 그의 집이나 그 집 근처에서 놀기를 제일 좋아하였다.

그 예를 하나 들어 보고자 한다. 겨울이 되어 물항아리에 살얼음이 얼면 우리는 식전에 일어나 살얼음을 뜯어먹곤 했다. 그러다가 한번은 심 넷째부인[2]에게 들켰다. 그 여인은 큰소리로 고아대었다.

"그런 걸 먹으면 못써! 배탈이 난다!"

이 소리가 어머니에게 들렸다. 어머니는 달려 나오더니 우리를 한바탕 꾸짖고는 한나절이나 나가 놀지도 못하게 하였다. 우리는 이것이 다 심네째부인 탓이라고 생각했다. 그래서 그녀에 대한 이야기가 나오면 그녀를 존대해 부르지 않고 '배탈이'란 별명으로 불렀다.

하지만 연부인은 절대로 그렇지 않았다. 설사 우리가 얼음을 먹는 것을 보았더라도 그녀는 틀림없이 부드러운 말씨로 웃으면서 이렇게 말했을 것이다.

"그래, 한번 더 먹어라. 누가 더 많이 먹는가 어디 보자."

그렇지만 나는 그녀에 대해서도 불만스러운 점이 있었다. 오래전 내가 아직 퍽 어렸을 때였다. 우연히 그녀의 집에 들어갔더니 마침 그녀는 남편과 함께 책을 보고 있었다. 곁으로 다가가자 그녀는 그 책을 나의 눈앞에 내밀며 물었다.

"얘, 이게 뭔지 알겠니?"

얼핏 들여다보니 그 책에는 방과 벌거벗은 두 사람이 묘사되어 있었는데, 두 사람은 드잡이를 하는 것 같기도 하고 또 그런 것 같지 않기도 했다. 그래서 무엇일까 의문을 품고 있는 순간 그들은 박장대소를 터뜨렸다. 큰 수모라도 당한 듯 자못 불쾌해진 나는 그후 열흘 남짓 그 집에 얼씬하지도 않았다. 또 한번은 내가 열 살 남짓 되었을 때였다. 몇몇 아이들과 함께 맴맴돌기 내기를 하고 있었다. 그녀가 옆에서 셈을 세고 있었다.

"그렇지, 여든둘! 한 바퀴만 더 여든셋! 좋아, 여든넷!……."

그런데 맴을 돌던 아샹阿祥이 갑자기 쓰러졌다. 공교롭게도 아샹의 숙모가 들어왔다. 그러자 그녀는 "이것 보라니까, 끝내 넘어지고 말았구나. 내가 뭐라던, 그만 돌아라, 그만 돌아라 했는데도……" 하고 말했다.

그렇지만 아이들은 어쨌든 그녀 집에 가서 놀기를 좋아하였다. 머리를 어디에 부딪혀 큰 혹이 생겼을 때, 어머니를 찾아가면 잘하면 꾸지람 듣고 약을 발라 주지만 잘못하면 약은커녕 도리어 책망이나 듣고 꿀밤만 몇 개 더 붙어났다. 그러나 연부인은 아무런 지청구도 하지 않고 곧바로 술에다 분가루를 개어 부은 곳에 발라 주곤 했다. 이렇게 하면 아프지도 않고 허물도 생기지 않는다는 것이었다.

아버지가 작고하신 뒤에도 나는 자주 그녀의 집에 드나들었다. 하지만 이때는 아이들과 장난을 하기 위해서가 아니라 연부인이나 그의 남편과 한담을 하기 위해서였다. 나는 그때 사고 싶고, 보고 싶고, 먹고 싶은 것들이 많았지만 돈이 없었다. 그래서 하루는 말결에 이런 말이 나오자 그녀는 이렇게 말했다.

"어머니 돈을 네가 가지고 가서 쓰면 되잖니, 어머니 돈이 네 돈이 아니냐?"

내가 어머니도 돈이 없다고 말하자 그녀는 어머니의 머리 장식품을 가져다 팔면 되지 않느냐고 말했다. 내가 머리 장식품도 없다고 말하자 그녀는 또 이렇게 말했다.

"아마 그건 네가 눈여겨보지 않은 탓이야. 옷장 서랍 같은 데를 구석구석 찾아보면 어쨌든 구슬붙이 따위를 조금 찾아낼 수 있을 게 다……."

나는 그녀의 말이 하도 이상하게 들려서 다시는 그녀 집에 가지 않았다. 그러나 이따금 정말 농짝을 열어젖히고 뒤져 보고 싶은 생각이 정말로 곰곰이 들기도 했다. 그로부터 한 달이 채 못 되어 내가 집

안 물건을 훔쳐내다 팔아먹는다는 소문이 떠돌았다. 이것은 실로 나에게 냉수에 빠진 듯한 느낌을 주었다. 나는 그 소문이 어디서 나왔는지 뻔히 알고 있었다. 만일 그것이 지금의 일이고 또 글을 발표할 곳만 있다면 나는 어떻게 해서든 유언비어를 만드는 이들의 여우같이 교활한 진상을 까밝혔을 것이다. 하지만 그때는 너무나 어렸던 탓으로 그런 말이 떠돌자 정말 그런 죄를 짓기라도 한 것처럼 남들의 눈을 마주 대하기 겁이 났고 어머니가 측은해하실까 봐 두려웠다.

좋다. 그러면 떠나자!

그러나 어디로 갈 것인가? S성 사람들의 낯짝은 오래전부터 실컷 본 터라 그저 그럴 뿐이었고, 그들의 오장육부까지도 뻔히 들여다보이는 것 같았다. 어떻게 해서든 다른 종류의 사람들, 그들이 짐승이건 마귀이건 간에 어쨌든 S성 사람들이 타매하는 그런 사람들을 찾아가야 했다. 그때 온 S성의 조롱감이었던 세운 지 얼마 안 되는 중서학당[3]이란 학교가 있었다. 이 학교에서는 한문을 가르치는 외에 외국어와 산수도 가르쳐 주었다. 하지만 이미 성안 사람들의 비난 대상이 되어 있었다. 성현들의 책을 익히 읽은 서생들은 『사서』[4]의 구절들을 모아 팔고문[5]으로 지어서 이 학교를 조소하였다. 이 명문은 즉시 온 성안에 퍼져 사람들의 흥미 있는 이야깃거리가 되었다. 나는 지금 '기강'의 첫머리밖에 기억하지 못하고 있다.

"서자徐子가 이자夷子에게 말하여 가라사대, 하夏나라가 오랑캐들을 변화시켰다는 말은 들었으되 오랑캐가 변화시켰다는 소리는 듣지 못하였도다. 하지만 지금은 그렇지 않은지라, 백로의 지저귐과 같은 그 소리는 들으매 모두 고상한 말이로다.······"

그 다음은 다 잊어버렸는데 대체로 오늘의 국수 보존론자들의 논조와 비슷한 것이었다. 그러나 나는 이 학당 역시 마음에 내키지 않았는데, 중서학당에서는 한문과 산수, 영어, 프랑스어밖에 가르쳐 주지 않았기 때문이다. 교과목이 비교적 특수한 학교로는 항저우의 구시서원[6]이 있었는데 수업료가 비쌌다.

학비를 받지 않는 학교가 난징에 있었으므로, 자연스럽게 그리로 가는 수밖에 없었다. 맨 처음 들어갔던 학교[7]가, 지금은 무엇이라고 부르는지 모르나, 광복[8] 후 한동안은 뇌전학당이라고 부른 듯한데, 그 이름은『봉신방』[9]이란 소설에 나오는 '태극진'이나 '혼원진' 따위의 이름과 흡사하였다. 어쨌든 의봉문[10]을 들어서기만 하면 거의 이십 장에 달하는 높은 장대와 높이를 알 수 없는 큰 굴뚝이 한눈에 들어온다. 과목은 간단했다. 일주일에 나흘 동안은 꼬박 "It is a cat.", "Is it a rat?"[11] 따위의 영어를 배웠고, 하루는 "군자 가라사대, 영고숙은 흠잡을 데 없는 효자라고 할 만하다. 어머니를 사랑하는 그 마음이 장공에게까지 미치도다"[12] 하는 따위의 한문을 읽었으며, 나머지 하루는 "자기를 알고 남을 알면 백전백승하리라", "영고숙론", "구름은 용을 따르고 바람은 호랑이를 따른다를 논하라", "나물뿌리를 씹을 수 있다면 못 해낼 일 없으리라" 등의 제목을 가지고 한문 작문을 지었다.

처음 입학하는 학생은 두말할 것도 없이 3반에 들어가는데, 침실에는 책상과 걸상, 침대가 각각 하나씩 있었고 침대의 널판도 두 쪽

밖에 되지 않았다. 그러나 1, 2반 학생은 달랐다. 책상이 두 개였고 걸 상은 두 개 내지 세 개였으며 침대의 널판도 많아서 세 쪽이나 되었다. 교실로 갈 때에도 그들은 두텁고 큼직한 외국 책을 한 아름씩 끼고는 호기롭게 걸어갔다. 그러므로 겨우 『프리머』[13] 한 권에 『좌전』[14] 네 권 밖에 끼고 다니지 못하는 3반생들로서는 마주 볼 엄두도 못 내었다. 설사 그들이 빈손으로 걸어간다 하더라도 언제나 게걸음치듯 팔을 옆 으로 휘저으며 걷는 바람에 뒤에서 걸어가는 하급생들은 절대 그 앞 을 질러 갈 수 없었다. 이와 같은 게 모양의 거룩한 인물들과 이별한 지도 이젠 퍽이나 오래되었다. 그런데 뜻밖에도 4~5년 전 교육부의 부러진 침대식 의자에서 이런 자세를 한 인물을 발견했다. 그러나 이 늙은 어르신은 뇌전학당 출신은 결단코 아니었다. 그러므로 이런 게 모양의 자세가 중국에 퍽이나 보편적이라는 것을 알 수 있다.

사랑스러운 것은 높은 장대였다. 하지만 그것은 결코 '동쪽 이웃 나라'의 '지나통'[15]들이 말하는 것처럼 그 장대가 '거연히 우뚝 솟아 있어' 그 무엇을 상징하고 있기 때문은 아니었다. 왜냐하면 그것이 어 찌나 높았던지 까마귀나 까치들도 꼭대기까지는 날아오르지 못하고 중간에 달려 있는 목판에 멈추는 수밖에 없었기 때문이다. 만일 사람 이 그 꼭대기까지 올라가기만 하면 가깝게는 시쯔산獅子山, 멀리는 모 처우호莫愁湖까지 바라볼 수 있다고 했다——그런데 정말 그렇게까지 멀리 바라볼 수 있는지는 사실 지금 나는 기억이 명확하지 않다. 하지 만 그 밑에는 그물을 늘어놓았기 때문에 설사 올라갔다 떨어진다 하 더라도 작은 고기가 그물에 떨어지는 것과 같아서 위험하진 않았다.

게다가 그물을 친 뒤로는 아직 한 사람도 떨어진 일이 없었다고 했다.

원래는 연못이 하나 있어서 학생들의 수영장으로 사용했는데, 어린 학생이 둘이나 빠져 죽었다고 했다. 내가 입학했을 때는 이 못을 벌써 메워 버렸을 뿐만 아니라 그 자리에다 자그마한 관운장 사당을 세워 놓은 뒤였다. 사당 옆에는 못쓸 종이를 태우는 벽돌난로가 하나 있었는데 아궁이 위에 '종이를 소중히 할 것'이란 글자가 큼직하게 가로 쓰여 있었다. 애석하게도 두 수중혼은 연못을 잃어버렸기에, 자기를 대신할 자들을 구할 수 없게 되었다.[16] 비록 '복마대제 관성제군'이 진압을 하고 있지만,[17] 그냥 그 근처에서 어슬렁어슬렁 배회하고 있을 뿐이었다. 학교를 운영하던 사람은 인심이 무던한 사람으로, 그 때문에 해마다 칠월 보름이 되면 으레 스님들을 한 무리 청해서 노천운동장에서 우란분재[18]를 했다. 그럴 때면 딸기코 뚱보화상은 머리에 비로모자[19]를 쓰고 비결을 낭독할 때의 손 모양을 하며[20] 염불을 하였다.

"후이즈뤄, 푸미예뉴! 안예뉴! 안! 예! 뉴!"[21]

나의 선배들은 일년 내내 관성제군에게 진압당하고 있다가 이때에 와서야 약간의 혜택을 얻게 되었다──그 혜택이 어떤 것인지 나는 잘 알지 못하지만. 그러므로 이때마다 나는 늘 학생 노릇을 하려면 어쨌든 조심해야겠다고 생각했다.

나는 이 학교가 못마땅하게 느껴졌으나 그때는 그 못마땅함을 뭐라고 형언하면 좋을지 몰랐다. 지금은 비교적 타당한 말을 찾아내었는데 '뒤죽박죽'이라고 하면 거의 들어맞을 것 같다. 그러니 이곳을 떠나는 수밖에 없었다. 근래에는 막상 어디로 떠나자고 해도 쉬운 일이 아니다. '정인군자' 무리들이 내가 욕을 잘해서 초청을 받아 간다느니 '명사'의 배짱을 부린다느니[22) 하는 가시 돋친 야유를 하기 때문이다. 하지만 그때는 학생들이 받는 생활보조금이 첫 해는 은 두 냥에 지나지 않았고, 견습 기간인 첫 석 달 동안은 동전 오백 닢밖에 되지 않았다. 그래서 떠나는 것은 별문제가 되지 않아서 광로학당[23)에 입학 시험을 치러 갔다. 그것이 틀림없이 광로학당이었는지는 이미 기억이 분명치 않다. 게다가 손에 졸업증 같은 것도 없으므로 더욱이 알 길이 없다. 어쨌든 시험이 어렵지 않아 합격했다.

여기서 배우는 것은 It is a cat이 아니라 Der Mann, Die weib, Das Kind였다.[24) 한문은 여전히 "영고숙은 흠잡을 데 없는 효자라고 할 만하다" 하는 따위였으나 이 밖에 『소학집주』[25)가 더 있었다. 그리고 작문 제목도 전과는 다소 달랐다. 이를테면 "훌륭한 제품을 만들려면 사전에 연장을 잘 벼려야 한다"는 이전에는 지어 보지도 못했던 것들이었다.

이 밖에 또 격치,[26) 지학, 금석학,…… 등도 있었는데 모두 대단히 신선했다. 그런데 한 가지 분명히 해둘 것은 여기서 말하는 지학, 금석학은 결코 지리와 종정이나 비석[27)에 대한 학문이 아니라 오늘날 말하는 지질학과 광물학이라는 점이다. 철도 궤도의 횡단면을 그리는 일이 귀찮았고, 평행선 처리는 더욱 싫증이 났다. 그 다음 해의 교장[28)은 신당新黨에 속하는 사람으로, 그는 마차를 타고 갈 때면 대체로 『시무보』[29)를 읽었으며 한문 시험 치를 때에도 자기가 제목을 출제

했는데 다른 교원들이 낸 것과는 전혀 달랐다. 한번은 '워싱턴에 대하여'[30]란 시험 제목을 내었는데 한문 교원들은 이에 당황하여 도리어 우리한테 와서 "워싱턴이란 게 무언고?……" 하고 물어보았다.

새로운 책을 보는 기풍이 곧 유행했고, 나도 중국에 『천연론』[31]이란 책이 있다는 것을 알게 되었다. 일요일 날 시내 남쪽으로 달려가서 사왔는데, 흰 종이에 석판으로 찍은 부피가 두꺼운 책으로 값은 동전 오백 닢이었다. 펼쳐 보니 글씨를 아주 곱게 썼는데 그 첫머리에는 다음과 같이 쓰여 있었다.

"혁슬리는 혼자서 방 안에 앉아 있었다. 영국 남부의, 뒤에는 산을 등지고 앞에는 들판이 펼쳐져 있는 정경이 집 안에서도 한눈에 들어왔다. 이 천 년 전 로마 대장 카이사르[32]가 아직 이곳에 오지 않았을 때 여기의 정경은 어떠했을까를 생각했다. 짐작건대 오직 혼돈 상태였을 것이다……"

아! 세상엔 혁슬리라는 사람이 있어 서재에 앉아서 그런 생각을 했구나. 그 생각은 어쩌면 그렇게도 새로울까? 단숨에 쭉 읽어 내려갔다. 그러자 '생존경쟁', '자연도태' 하는 말들이 나오고 소크라테스, 플라톤 하는 인물들도 나왔으며 스토아학파[33]라는 것도 나왔다. 학교에는 또한 신문 열람실도 꾸려 놓았는데 『시무보』는 더 말할 나위도 없고 그 밖에 『역학회편』[34]도 있었다. 그 표지의 제목은 장렴경[35] 따위의 글씨체를 모방해서 푸른색으로 찍었는데 무척 아름다웠다.

"애, 네가 하는 짓이 좀 글러 먹었구나. 옜다, 이 글이나 가지고 가 봐라, 베껴 가지고 말이다."

친척 노인[36] 한 분이 나에게 엄숙하게 말하며 신문을 한 장 넘겨 주었다. 받아서 보니 그것은 '신 허응규[37]는 엎드려 삼가 상주하나오니……' 하는 것이었다. 지금은 한 구절도 기억나지 않지만 아무튼 캉유웨이의 변법[38]을 규탄한 글이었다. 그것을 베꼈는지는 생각나지 않는다.

나는 책망을 받고도 무엇이 '글러 먹었는지' 깨닫지 못하고 틈만 있으면 여전히 빵이나 땅콩, 고추를 먹으며 『천연론』을 보았다.

하지만 우리도 한때는 몹시 불안한 시기를 거쳤다. 그것은 바로 입학한 이듬해였는데 들리는 소문에 의하면 학교가 곧 문을 닫는다는 것이었다. 그도 그럴 것이 이 학교는 원래 양강총독[39](아마 유곤일[40]일 것이다)이 징룽산[41]에 탄광이 유망하다는 말을 듣고 세운 것이었다. 그런데 개학이 되었을 때 원래 있던 기사를 내보내고 탄광에 대해서 그다지 밝지 못한 사람으로 바꾸었다. 그 이유는 첫째로 원래 있던 기사의 월급이 너무 높았고, 둘째로 탄광을 개발하는 일이 별로 어렵지 않다고 생각했기 때문이었다. 그러나 일 년도 채 못 가 탄광이 흐지부지하게 되었고, 끝내는 캐내는 석탄량이 겨우 양수기 두 대를 돌릴 수 있는 정도라서, 물을 품어 내고 석탄을 캐면, 그 캐낸 석탄은 몽땅 또 물을 품어 내는 데 소모하는 형편이었다. 결산을 해보니 수입과 지출이 맞먹었다. 그러니 탄광을 운영해서 아무런 이윤을 얻지 못하는 이상 이 학교를 운영할 필요가 없었다. 하지만 어찌된 셈인지 정작 문을 닫지는 않았다. 삼학년 때 갱도에 들어가 보니 굴 안 상황은 실로 처량하기 짝이 없었다. 양수기는 그냥 돌아갔지만 갱도에는 고인 물이 반자나 깊었고 천정에서는 석수가 계속 방울방울 떨어졌으며, 몇 명의 광부들이 유령처럼 작업하고 있었다.

졸업은 물론 우리 모두가 바라는 것이었다. 하지만 일단 졸업을 하자 나는 또 무엇을 잃어버린 듯 허전했다. 그 높은 장대를 몇 번 오르내린 것으로 해군병사가 될 수 없음은 더 말할 것도 없지만, 몇 해 동안 강의를 듣고 굴 안을 몇 번 드나들었다고 해서 금, 은, 동, 철, 주석을 캐낼 수 있겠는가? 바른대로 말하면 나 자신도 막연했다. 어쨌든 그것은 '훌륭한 제품을 만들려면 사전에 연장을 잘 벼려야 한다'는 따위의 글을 짓는 것처럼 그렇게 쉬운 일이 아니었다. 이십 장 높이의 상공으로도 오르고 이십 장 깊이의 땅 밑으로도 내려가 봤지만 결국은 아무런 재간도 배우지 못했으며, 학문은 "위로는 벽락에 닿고 아래로는 황천에 이르렀건만 두 곳 다 무변세계로 아무것도 보이지 않네"[42] 가 되어 버렸다. 그리하여 남은 것은 오로지 한 길, 외국으로 가는 것이었다.

유학 가는 일은 관청에서 허락하여 다섯 사람이 일본으로 파견되게 되었다. 그런데 그중 한 사람은 할머니가 울며불며 붙잡는 바람에 가지 못하고 결국은 네 사람이 가게 되었다. 일본은 중국과 아주 다를 터이니 우리는 어떤 준비를 할 것인가? 마침 우리보다 한 해 앞서 졸업하고 일본 여행을 갔다 온 선배가 있었다. 우리는 그가 상황을 어느 정도 알고 있으리라 생각하고 그에게 달려가 물었다. 그러자 그는 정중하게 말했다.

"일본 양말은 절대로 신을 것이 못 돼. 중국 양말을 좀 많이 가지고 가라구. 그리고 내가 보기엔 지폐도 좋지 않으니까 가지고 가는 돈은 몽땅 일본의 은화로 바꾸는 게 나을 것 같네."

우리 네 사람은 그저 분부대로 하겠노라고 대답했다. 다른 동창들이 어쨌는지는 알 수 없으나 나는 가지고 있던 돈을 상하이에서 전부 일본 은화로 바꾸었고 중국 양말 열 켤레를 챙겨 넣었다——흰색 양말.

그런데 결과는? 결과는 제복에 구두를 신었기에 중국 양말은 아무 짝에도 쓸모없게 되었고, 일 원짜리 은화도 일본에서 폐지된 지 오래되어 50전짜리 은전과 지폐로 밑지면서 다시 바꾸었다.

10월 8일

주)_____

1) 원제는「瑣記」, 이 글은 1926년 11월 25일『망위안』반월간 제1권 제22기에 실렸다.

2) 심(沈) 넷째부인. 저우(周)씨 집안에 세 든 사람.

3) 중서학당(中西學堂). 정식 명칭은 '사오싱 중서학당'(紹興中西學堂)이다. 1897년(청 광서 23년) 사오싱의 쉬수란(徐樹蘭)이 창립한 사립학교이다. 1899년 가을 사오싱부 학당(紹興府學堂)으로 바뀌었고, 1906년 중학당(紹興府中學堂)으로 개칭되었다.

4) '사서'(四書). 유가 경전『대학』(大學),『중용』(中庸),『논어』(論語),『맹자』(孟子)이다. 북송(北宋) 때 정호(程顥), 정이(程頤)는 특히『예기』(禮記)의『대학』,『중용』두 편을 추종했고, 남송(南宋) 주희(朱熹)가 다시 이 두 편과『논어』,『맹자』를 같이 묶어서『사서장구집주』(四書章句集注)를 편찬했다. 이때부터 '사서'라는 명칭이 있게 되었다.

5) '팔고'(八股). 명·청 과거시험에 사용되었던 문체로 사서오경의 문구를 명제로 사용

했다. 또 일정한 격식을 규정했는데, 매 편은 모두 반드시 순서에 따라 '파제'(破題), '승제'(承題), '기강'(起講), '입수'(入手), '전고'(前股), '중고'(中股), '후고'(後股), '속고'(束股)의 8개 단락으로 구분한다. 뒤쪽의 4단이 바로 정문(正文)으로 매 단은 양고(兩股)로 구분되고 둘씩 상대가 되어 합하면 모두 팔고(八股)가 된다. 여기서 말하는 '기강'은 바로 이 중 세번째 단락이다.

6) 구시서원(求是書院). 당시 저장의 신식고등학교로 1897년 창립되었다. 1901년 저장 성 구시대학당(浙江省求是大學堂)으로 개칭되었고, 1914년 운영을 중지했다

7) 강남수사학당(江南水師學堂)을 가리킨다. 1890년 설립되었고, 1913년 해군군관학교(海軍軍官學校)로 바뀌었다가 1915년 다시 해군뇌전학교(海軍雷電學校)로 바뀌었다.

8) 광복(光復). 1911년의 신해혁명(辛亥革命)을 가리킨다.

9) 『봉신방』(封神榜). 즉 『봉신연의』(封神演義). 신마(神魔)소설로 명대 허중림(許仲琳)이 지었는데 모두 100회이다.

10) 의봉문(儀鳳門). 당시 난징(南京)성 북쪽의 성문.

11) 초급영어독본의 과문으로 뜻은 "이것은 고양이다", "이것은 쥐입니까?"이다.

12) 이 말은 『좌전』 '은공(隱公) 원년'에 나온다. 원문은 "君子曰, 穎考叔, 純孝也. 愛其母, 施莊公"(군자가 '영고숙은 순수한 효도를 했다. 그 어머니를 사랑하여 장공에게까지 미쳤다'라고 말했다)이다.

13) 『프리머』(Primer). 음역하면 '포라이마'(潑賴媽)이다.

14) 『좌전』 즉 『춘추좌씨전』(春秋左氏傳). 전하는 바에 의하면 춘추시대 때 좌구명(左丘明)이 편찬했다.

15) '지나통'(支那通). 지나(支那)는 고대 산스크리트어로 중국을 번역한 칭호이다. 근대 일본 역시 중국을 지나라 했다. 지나통은 중국 상황을 연구하고 잘 알고 있는 일본인을 가리킨다. 여기에서는 야스오카 히데오(安岡秀夫)를 풍자했다. 그는 『소설로 본 중국인의 민족성』(小說から見た支那の民族性, 1926)이란 책에서 중국인은 "향락을 탐하고 음풍이 매우 왕성하다"라고 말했고, 식물까지도 모두 성과 관계가 있다고 했다. 예를 들면 죽순을 먹기 좋아하는데 바로 죽순이 꼿꼿하고 우뚝 솟은 자세를 하고 있어 상상을 불러일으키는 이유라고 했다. 『화개집속편』(華蓋集續編) 「즉흥일기」(馬上支日記) 참조.

16) 토체대(討替代), 즉 '귀신을 대신해 찾다'이다. 옛날 미신에 횡사한 사람이 변해서 '귀신'이 되면, 반드시 법술을 부려 다른 사람도 같은 방식으로 죽게 만들고, 이렇게

해야 그도 살길을 찾을 수 있다고 생각했다. 그래서 '대체를 찾다'(討替代)라고 한다.

17) 복마대제 관성제군(伏魔大帝 關聖帝君). 관우의 신이 귀신을 억누른다는 의미.

18) 우란분재(盂蘭盆齋, 또는 盂蘭盆會). 원문은 '放焰口'. 옛 풍속에 하력(夏曆) 7월 15일(도교의 중원절中元節 역시 같은 날임) 저녁에 스님을 불러 우란분(盂蘭盆)을 만들고, 불경을 외고 음식을 시주하기에 방염구(放焰口)라 한다. 우란분은 산스크리트어 ullambana의 음역으로 '거꾸로 매달림(倒懸: 고통)을 구제한다'는 뜻이고, 염구(焰口)는 아귀의 이름이다.

19) 비로모(毗盧帽). 우란분재 때 주좌(主座) 대화상이 쓰는 비로자나불을 수놓은 모자.

20) 원문은 '捏訣'. 스님이 비결을 낭독할 때의 손짓.

21) 『유가염구시식요집』(瑜伽焰口施食要集)의 산스크리트어 주문을 음역한 것이다.

22) '명사'의 배짱을 부린다는 말은 구제강(顧頡剛)이 루쉰을 조롱했던 말로 당시 그들은 샤먼(廈門)대학 교수로 함께 있었다. 『먼 곳에서 온 편지』 48 참조.

23) 광로학당(礦路學堂). 정식 명칭은 강남육사학당 부설 광무철로학당(江南陸師學堂附設礦務鐵路學堂)으로 1898년 10월에 창립되었고, 1902년 1월 운영을 정지했다.

24) 이것은 초급 독일어 독본의 과문으로 "남자, 여자, 아이"의 뜻이다.

25) 『소학집주』(小學集注). 송대 주희가 편집하고, 명대 진선(陳選)이 주를 붙였는데 모두 6권이다. 옛날 학숙에서 사용하던 일종의 초급 교재로 내용은 고서의 부분 단락을 발췌하여 기록했다. 「입교」(入敎), 「명륜」(明倫), 「경신」(敬身), 「계고」(稽古)의 4개의 내편(內編)과 「가언」(嘉言), 「선행」(善行)의 2개의 외편(外編)으로 분류해서 편집했다.

26) 격치(格致). 격물치지(格物致知)의 줄임말. 『대학』에 "치지(致知)는 격물(格物)에 있고 물격(物格) 이후에 지지(知至)한다"는 말이 있다. 격(格)은 추구한다는 뜻이다. 청말에는 '격물'을 사용해 물리, 화학 등 학과를 통칭했다. 작자가 광로학당에서 공부할 때의 '격물학'(格物學)은 물리학(物理學)을 가리킨다.

27) 지학(地學), 즉 지리학의 원문은 '여지'(輿地)이다. 종정비판(鐘鼎碑版)은 고대 동기(銅器), 석각(石刻)을 가리킨다. 이러한 문물의 형상과 구조, 문자, 도면을 연구하는 것을 금석학(金石學)이라 한다.

28) 당시 광무철로학당의 교장 위밍전(兪明震, 1860~1918)을 가리킨다. 그는 저장 사오싱 사람으로 광서 때 진사가 되고, 1901년 장쑤 후보도위(候補都委)로서 강남육군광로학당 감독을 담당했다.

29) 『시무보』(時務報). 순간(旬刊)으로, 량치차오 등이 편집을 주관했고, 당시 변법유신을 선전하는 주요 정기간행물의 하나이다. 1896년 8월 황쭌셴(黃遵憲), 왕캉녠(汪康年)이 상하이에서 창간했고, 1898년 7월 말 관보(官報)로 바뀌었고 8월 제69기 출간을 끝으로 정간했다.

30) 워싱턴(George Washington, 1732~1739). 조지 워싱턴으로 미국의 정치가이다. 그는 1775년부터 1783년까지 영국 식민통치에 반대하는 미국 독립전쟁을 이끌었고 승리 후 미국 초대 대통령을 역임했다.

31) 『천연론』(天演論). 영국의 헉슬리(Thomas H. Huxley)의 『진화와 윤리』(*Evolution and Ethics*)의 앞 부분 두 편을 옌푸(嚴復)가 번역한 것이다. 1898년(청 광서 24년) 후베이 몐양(沔陽) 노(盧)씨가 목각으로 간행한 '신시기재총서'(愼始基齋叢書)의 하나이다. 1901년 다시 부문서국(富文書局)에서 석판 인쇄하여 출판했다. 이 책의 전반부는 자연 현상 해석에 치중해, 생존경쟁과 자연선택(天擇)을 선전했고, 후반부에서는 사회현상에 치중해 우승열패(優勝劣敗; 생존경쟁에서 강한 자는 번성하고 약한 자는 도태된다) 사회사상을 널리 알렸다. 이 책은 당시 중국 지식계에 매우 큰 영향을 주었다.

32) 카이사르(Gaius Julius Caesar, B.C. 100~44)는 고대 로마의 통솔자로 일찍이 두 차례 바다를 넘어 브리튼(Britain; 지금의 영국)을 침입했다.

33) 스토아학파(Stoikoi School). 일부에서는 화랑파(畵廊派) 또는 사다아파(斯多亞派)라 번역하기도 한다. B.C. 약 4세기 그리스에서 발생해 전파와 변화·발전을 거쳐 서기 2세기까지 존재한 철학유파의 하나.

34) 『역학회편』(譯學匯編). 『역서회편』(譯書匯編)이 되어야 한다. 월간으로 1900년 12월 6일 일본에서 창간되었다. 이것은 중국 재일 유학생이 가장 조기에 출판한 일종의 잡지로 분기별로 동서 각국의 정치법률 명저를 번역해 실었다. 예를 들면 루소(Jean-Jacques Rousseau)의 『민약론』(民約論; 사회계약론*Du Contrat social*), 몽테스키외(Charles-Louis Montesquieu)의 『법의』(法意; *De l'esprit des lois*) 등이다. 뒤에 『정치학보』(政治學報)로 바뀌었다.

35) 장렴경(張廉卿, 1823~1894). 이름은 유쇠(裕釗), 자는 염경(廉卿), 후베이 우창 사람으로 청대의 고문가, 서예가이다. 도광(道光) 때 향시에 합격했고, 내각중서(內閣中書)를 담당했다. 뒤에 장닝(江寧), 후베이 등지의 서원에서 학생을 가르쳤다.

36) 작자의 숙조(叔祖) 저우칭판(周慶蕃, 1845~1917)을 가리킨다. 자는 초생(椒生), 광서

2년(1876) 향시에 합격했고, 당시 강남수사학당 감독이었다.

37) 허응규(許應騤, ?~1903). 자는 균암(筠庵), 광둥 판위(番禺) 사람으로 광서 연간에 예
부상서를 담당했다. 당시 유신운동에 반대한 보수파의 한 사람이다. 여기에서 말하
는 문장은 1898년 6월 22일에 쓴 그의 「돌아와서 명백히 아뢰고 아울러 공부주사
캉유웨이 축출을 청하는 상소」를 가리키는데, 같은 해 7월 12일 『선바오』(申報)에
보인다.

38) 캉유웨이(康有爲)는 1898년(무술戊戌) 량치차오, 탄쓰퉁(譚嗣同) 등과 함께 변법(變
法)운동을 시도했다. 같은 해 6월 11일 광서제가 변법유신의 조령을 반포하면서부
터 9월 21일 자희(慈禧: 서태후)를 우두머리로 하는 봉건보수파가 정변을 일으켜 변
법이 실패할 때까지 모두 103일이 흘렀다. 때문에 무술변법(戊戌變法) 혹은 백일유
신(百日維新)이라 칭한다.

39) 양강총독(兩江總督). 청대 지방에서 제일 높은 군정(軍政)장관. 양강총독은 청초 강
남과 강서 두 성을 관할했다. 청나라 강희 6년(1667) 강남성은 장쑤, 안후이 두 성으
로 나뉘었고, 이로 인해 장시성과 함께 양강총독의 관할에 속하게 되었다.

40) 유곤일(劉坤一, 1830~1901). 자는 현장(峴莊), 후난 신닝(新寧) 사람. 1879년부터
1901년까지 양강총독을 여러 번 역임했다. 당시 관료 중 유신의 경향을 가진 인물
중 한 사람이다.

41) 징룽산(靑龍山)의 탄광. 지금 난징 관탕(官塘)탄광 샹산(象山)광산구역에 있다. 작자
등이 그 당시 내려갔던 광둥(礦洞: 탄광촌)이 바로 지금 샹산 광산구역의 구징(古井)
이다.

42) 이것은 당대 백거이(白居易)의 『장한가』(長恨歌) 시구이다. 벽락(碧落)은 천상을 가
리키고, 황천(黃泉)은 지하를 가리킨다.

후지노 선생[1]

도쿄도 그저 그런 곳이었다. 우에노 공원[2]에 벚꽃이 만발할 때 그것을 멀리서 바라보면 빨간 구름이 가볍게 드리운 듯했다. 그런데 그 꽃 밑에는 언제나 '청나라 유학생' 속성반[3] 학생들이 무리 지어 있었다. 머리 위에 빙빙 틀어 올린 머리채가 눌러쓴 학생모자의 꼭대기를 불쑥 밀어 올려 저마다 머리에 후지산[4]을 이고 있는 것 같았다. 더러 머리채를 풀어서 평평하게 말아 올린 사람도 있었는데 모자를 벗으면 기름이 번지르르한 게 틀어올린 어린 처녀애들 머리쪽 같았다. 게다가 고개를 돌릴 때면 참으로 아름다웠다.

중국 유학생 회관의 문간방에는 책들을 몇 권씩 놓고 팔아서 때로는 한번 들러 볼 만했다. 오전 중에는 안채에 있는 몇 칸의 서양식 방에도 들어가 앉아 있을 만했다. 하지만 저녁 무렵이면 그중 한 칸에서는 늘 쿵쿵 마룻바닥을 구르는 소리가 요란스럽게 울렸고 실내는 연기와 먼지가 자욱했다. 그래서 소식통에게 그 까닭을 물어보았더니, "그건 사교춤을 배우느라고 그러는 거요" 하고 대답했다.

다른 곳으로 가 보는 것이 어떨까?

나는 센다이[5]의 의학 전문학교로 갔다. 도쿄를 출발하여 얼마 가지 않아 한 역에 이르렀다. 그 역은 닛포리日暮里라고 쓰여 있었다. 어찌된 셈인지 나는 아직도 그 이름을 기억하고 있다. 그 다음은 미토[6]란 지명만 기억한다. 그곳은 명나라의 유민 주순수[7] 선생이 객사한 곳이다. 센다이는 그리 크지 않은 소도시였는데 겨울엔 몹시 추웠다. 거기에는 아직 중국 유학생이 없었다.

아마도 물건이란 적으면 귀중하기 마련인 모양이다. 베이징의 배추가 저장에 가면 거기서는 빨간 노끈으로 뿌리를 묶어 과일가게 문 앞에 거꾸로 달아 매놓고 '교채'膠菜라고 귀중하게 여긴다. 푸젠의 들판에서 제멋대로 자라는 노회蘆薈[알로에]가 일단 베이징에 오기만 하면 온실에 들어가 '용설란'이란 아름다운 이름으로 불린다. 나도 센다이에 이르자 이런 우대를 받았다. 학교에서는 수업료를 받지 않았을 뿐만 아니라 몇몇 교원들은 또한 나의 숙식문제에 대해 마음을 써 주었다. 처음에 나는 감옥 옆에 있는 여관[8]에 기숙하고 있었다. 그때는 벌써 초겨울이어서 날씨가 퍽이나 쌀쌀했지만 웬일인지 모기는 많았다. 그래서 나중에는 이불로 온몸을 전부 감싸고 옷으로 머리며 얼굴을 두른 다음 두 콧구멍만 내놓았다. 숨을 계속 쉬는 콧구멍에 모기도 주둥이를 들이박을 수 없었으므로 그런대로 편안히 잠을 잘 수 있었다. 그리고 식사도 나쁘지 않았다. 그러나 선생 한 분이 이 여관이 죄수들의 식사도 맡아보고 있으므로 내가 여기에 기숙하는 것은 합당치 못하다면서 몇 번이나 거듭 권고했다. 나는 여관이 죄수들의 식사를 겸하든지 말든지 나하고는 아무 상관이 없다고 여겼지만 그의 호의에 못 이겨 마땅한 곳을 찾을 수밖에 없었다. 그래서 다른 집으로 옮겼는데,[9] 감옥과는 아주 멀리 떨어져 있으나 유감스럽게도 날마다 잘 넘어가지 않는 토란대 국을 먹어야 했다.

이때부터 낯선 선생들도 많이 만나고 새롭고 신선한 강의도 많이 받게 되었다. 해부학은 교수 두 명이 분담해서 가르쳤다. 제일 처음은 골(骨)학이었다. 그 시간에 들어온 사람은 검고 야윈 얼굴에 팔자수염을 기르고 안경을 끼고 옆구리에 크고 작은 책들을 가득 끼고 있었다. 책들을 교탁에 내려놓고 느릿느릿하면서도 뚜렷한 억양으로 학생들한테 자기를 소개했다.

"나는 후지노 겐쿠로[10]입니다……."

그러자 뒤에 앉아 있던 몇몇 학생들이 킥킥거렸다. 인사말을 끝낸 그는 일본 해부학의 발전사를 강의했다. 그 크고 작은 책들은 모두 최초부터 오늘에 이르기까지 이 분야 학문에 대한 저서들이었다. 초기의 책 몇 부는 실로 꿰맨 것이었고 또 중국의 역본을 다시 각판한 것도 있었다. 이로 보아 새로운 의학에 대한 그들의 번역과 연구는 중국보다 이르지 않다는 것을 알 수 있다.

뒤에 앉아 킥킥거리던 학생들은 낙제생들인데 학교에 온 지 일 년이나 되어 학교 사정을 제법 잘 알고 있었다. 그들은 신입생들에게 교원들의 내력을 곧잘 이야기해 주곤 하였다. 그들의 말에 의하면 이 후지노 선생은 옷차림을 몹시 등한시해서 때로는 넥타이 매는 일까지 잊어버린다는 것이었다. 그리고 겨울이면 낡은 외투를 걸치고 다니는 데 그 행색이 심히 초라하여 언젠가는 기차에 오르자 차장은 그가 도적이 아닌가 의심하여 승객들에게 조심하라고 주의를 환기시킨 일이 있었다고 했다.

나도 그 선생이 넥타이를 매지 않고 강의하러 들어온 걸 한 번 본 일이 있는데 이로 보아 그들의 말은 대체로 틀리지 않은 것 같았다.

한 주일이 지난 어느 날 아마 토요일이었던 것 같다. 그는 자기의 조수를 시켜 나를 불렀다. 연구실에 들어서니 그는 사람 뼈와 수많은 두개골 사이에 앉아 있었다——그때 그는 두개골에 대하여 연구하고 있었는데 그후 교내 잡지에 그의 논문 한 편이 발표되었다.

"내 강의를 학생은 받아쓸 만하오?" 그는 이렇게 물었다.

"어느 정도는 받아쓸 수 있습니다."

"가져오세요, 내가 좀 봅시다!"

나는 필기장을 그에게 가지고 갔다. 그는 필기장을 2~3일 뒤에 되돌려주면서 앞으로는 한 주일에 한 번씩 가져다 보여 달라고 했다. 필기장을 펼쳐 본 나는 몹시 놀랐고 동시에 불안하면서 감격했다. 나의 필기는 첫머리부터 마지막까지 죄다 빨간색으로 고쳐져 있었는데 미처 받아쓰지 못한 많은 대목들이 보충되었을 뿐만 아니라 문법적인 오류까지 일일이 교정되어 있었다. 이 일은 그가 맡은 과목인 골학과 혈관학, 신경학이 끝날 때까지 줄곧 계속되었다.

하지만 유감스럽게도 나는 그때 공부에 너무도 등한했으며 때로는 마음이 내키는 대로 해버렸다. 지금도 기억하고 있지만 한번은 후지노 선생이 나를 자기의 연구실로 불렀다. 그는 나의 필기장에 그려진 그림을 펼쳐 놓고, 팔의 혈관을 가리키며 부드럽게 말했다.

"자네, 이걸 보시오. 학생은 이 혈관의 위치를 약간 이동시켰단 말이오——물론 이렇게 이동시키니 보기는 비교적 좋소. 하지만 해부도는 미술이 아니오. 실물은 이렇게 되어 있으니 우리가 그것을 바꿀 수는 없소. 내가 지금 제대로 고쳐 놓았으니 후에는 뭐든지 칠판에 그린 그대로 그리시오."

하지만 나는 내심으로 수긍할 수 없었다. 입으로는 그렇게 하겠노라고 하면서도 마음속으로는 "그래도 그림은 내가 그린 것이 괜찮아. 실물이 어떻다는 건 나도 머릿속에 기억해 두고 있는걸" 하고 생각했다.

학년말 시험이 끝나자 나는 도쿄에 가서 여름 한때를 즐기고 초가을에 학교로 돌아왔다. 학업성적이 이미 발표되었는데 백여 명의 학생들 가운데서 나는 중등에 속하여 낙제는 면했다. 이번에 후지노 선생이 담임한 학과는 해부 실습과 국부해부학이었다.

해부 실습을 한 지 한 주일이 되었을 무렵 후지노 선생은 또 나를 불렀다. 그는 아주 기뻐하며 예나 다름없이 억양이 뚜렷한 어조로 이렇게 말했다.

"나는 중국 사람들이 귀신을 몹시 존중한다는 말을 듣고 학생이 시체를 해부하려 하지 않을까 봐 무척 근심했댔소. 그런데 그런 일이 없으니 이젠 한시름 놓았소."

그러나 그도 때로는 나를 몹시 딱하게 만들었다. 중국의 여인들이 전족을 한다는 말은 들었으나 상세한 것을 모르고 있는 그는 나더러 중국 여인들이 발을 어떻게 동여매며 발뼈는 어떤 기형으로 변하는가를 물어보면서, "어쨌든 한 번 봐야 알 터인데, 도대체 어떻게 되는 걸까?" 하고 한탄까지 했다.

어느 날, 우리 학급 학생회 간사들이 나의 숙소로 찾아와서 나의 필기장을 빌려 보자고 했다. 내가 필기장을 내주었더니 그들은 뒤적거려 보더니 그냥 나가 버렸다. 그런데 그들이 돌아가자 이어 우편배달부가 두툼한 편지 한 통을 가져왔다. 열어 보니 첫 마디가 이러했다.

"너는 회개하라!"

이것은 『신약』 성서에 있는 구절로, 톨스토이가 최근에 인용했다. 그때는 러일전쟁[11]이 한창 벌어지고 있을 때였는데, 톨스토이 선생은 러시아와 일본 황제에게 편지를 보내면서 첫 마디에 이렇게 썼던 것이다.[12] 일본의 신문들은 그의 불손을 몹시 규탄했고 애국적인 청년들도 자못 분개했다. 그러나 사람들은 남모르게 벌써 그의 영향을 받았던 것이다. 그 다음 말들은 대부분 지난 학년말 해부학 시험 제목을 후지노 선생이 필기장에다 표시를 해주었고, 내가 그것을 미리 알고 있었기 때문에 그와 같은 성적을 거두었다는 것이었다. 마지막은 익명이었다.

그제야 비로소 나는 며칠 전에 있었던 일이 상기되었다. 그때 학급간사가 칠판에 학급회의가 있다는 통지를 썼는데 마지막 구절에 '전체 학급생들은 하나도 빠지지 말고 모두 참가하기를 바람'이라고 써놓고 '빠지지'란 글자에 방점까지 찍어 놓았었다. 나는 그때 방점을 찍은 것이 우습게 생각되었지만 조금도 개의치 않았다. 이제 와서 나는 그것이 나를 풍자하는 것이고, 내가 선생님으로부터 새어 나온 시험문제를 가졌다고 말하는 것임을 비로소 깨달았다.

나는 이 일을 후지노 선생에게 알려 드렸다. 나와 가깝게 지내는 몇몇 동창들도 이 일에 몹시 분개하여 나와 함께 간사를 찾아가서 구실을 만들어 필기장을 검사한 무례한 행동에 대하여 힐책하고 그 검사 결과를 발표할 것을 요구했다. 이리하여 엉터리 같은 그 소문은 마침내 사라지고 말았다. 간사는 그 익명의 편지를 되찾기 위해 갖은 애를 다 썼다. 나중에 나는 톨스토이 식의 그 편지를 그들에게 도로 돌려주었다.

중국은 약한 나라이므로 중국 사람은 당연히 저능아이다. 점수를 60점 이상 맞은 것은 곧 자기의 실력이 아닌 것이다. 이렇게 볼 때 그들이 의혹을 품는 것도 이상하지 않았다. 이어 나는 중국 사람을 총살하는 장면을 참관하는 운명이 되었다. 2학년 때 세균학이란 학과가 추가되었는데 세균의 형태는 모두 영화[13]로 보여 주었다. 한번은 세균에 관한 영화 한 토막을 다 돌리고도 수업시간이 끝나지 않아서 시사 영화를 몇 편 보여 주었는데, 으레 그것은 모두 일본이 러시아와 싸워 이기는 장면들이었다. 그런데 공교롭게도 중국 사람들이 그 속에 끼어 있었다. 중국 사람 한 명이 러시아의 정탐 노릇을 하다가 일본군에게 체포되어 총살을 당하게 되었는데 빙 둘러서서 구경하는 무리들도 모두 중국 사람들이었다. 그리고 교실 안에도 한 사람 있었으니 바로 나 자신이었다.

"만세!" 학생들은 박수를 치며 환성을 올렸다.

이런 환성은 영화를 볼 때마다 터져 올랐다. 그러나 나는 이 소리가 귀에 몹시 거슬렸다. 그후 중국에 돌아온 다음에도 나는 범인을 총살하는 것을 무심히 구경하는 사람들을 보았는데 그들도 어떤 이유인지 술 취하지도 않고서 박수갈채를 보내는 것이 아니겠는가——아아! 더 어찌할 도리가 없는 일이로구나! 하지만 그때 그곳에서 나의 생각은 변했다.

2학년 연말에 이르러 나는 후지노 선생을 찾아가서 의학 공부를 그만두고 센다이를 떠나겠다고 말했다. 그의 얼굴에는 서글픈 빛이 떠올랐고 무엇인가 말을 하려는 듯한 표정이었으나 끝내 입을 떼지 않았다.

"선생님, 저는 가서 생물학을 배울 예정입니다. 그러니 선생님께서 가르쳐 주신 지식도 쓸모가 있을 것입니다."

사실 나는 생물학을 배울 마음은 없었으나, 그의 서글픈 표정을 본 나는 빈말로나마 위안하지 않을 수 없었다.

"의학을 위해 가르친 해부학 같은 것들이 생물학에 대해서는 별로 큰 도움을 주지 못할 것이오." 그는 탄식하며 말했다.

떠나기 며칠 전에 그는 나를 자기 집에 불러서 뒷면에다 '석별'이라고 쓴 사진을 한 장 주었다. 그러고는 내 사진도 한 장 주었으면 하는 것이었다. 하지만 그때 나는 공교롭게도 사진이 없었다. 그는 앞으로 찍거든 부쳐 달라고 부탁하면서 이후의 상황을 편지로 가끔 알려 달라고 당부했다.

센다이를 떠난 뒤 나는 여러 해 동안 사진을 찍지 않았고, 게다가 나의 처지가 답답하기만 해서 알려 주어 보았자 그를 실망시킬 것이므로 편지마저 쓸 용기가 나지 않았다. 햇수가 점점 늘어 감에 따라 어디서부터 말해야 할지 더욱 난감했다. 그래서 때로는 편지를 쓰고 싶은 생각이 있었지만 붓이 잘 나가지 않아 그냥 미루다 보니 오늘 이때까지 편지 한 통, 사진 한 장 부치지 못하였다. 그러니까 그 편에서 보면 한번 떠나간 뒤로는 감감 무소식이 되고 만 셈이다.

그렇지만 어찌된 영문인지 나는 늘 그를 생각한다. 내가 스승으로 모시는 분들 가운데서 가장 나를 감격시키고 고무해 준 한 사람이다. 나는 가끔 나에 대한 그의 열렬한 기대와 지칠 줄 모르는 가르침을 작게 말하면 중국을 위해, 즉 중국에 새로운 의학이 생겨나기를 바라는 것이며, 크게 말하면 학술을 위해, 즉 중국에 새로운 의학이 전파되기를 희망하는 것이라고 생각했다. 그의 이름은 비록 많은 사람들에게 널리 알려지지 않았으나, 그의 성격은 내가 보기에 그리고 내 마음속에 있어서는 위대했다.

나는 그가 고쳐 준 필기장을 영원한 기념품으로 삼으려고 세 권으로 두텁게 매어 고이 간직해 두었다. 그런데 불행하게도 칠 년 전에 이사할 때[14] 중도에서 책 상자 한 개가 터져 그만 책을 반 궤짝이나 잃어버렸는데 공교롭게도 이 세 권의 필기장도 그 속에 들어 있었다. 그 때 그 책을 찾아 주라고 운송국에 책임을 물었으나 아무런 회답도 없었다. 그의 사진만은 오늘까지도 베이징에 있는 숙소 동쪽 벽 책상 맞은편에 걸려 있다. 매번 밤에 일에 지쳐 게으름을 피울 때면 등불 밑에서 검고 야윈 그를 쳐다본다. 억양이 뚜렷한 어조로 말을 하려는 것 같아 나는 양심의 가책을 받고 용기를 북돋우곤 한다. 그리하여 담배를 한 대 붙여 물고는 또다시 '정인군자' 따위들한테서 자못 미움을 사게 될 글을 계속 써 내려간다.

10월 12일

주)_____

1) 원제는 「藤野先生」, 이 글은 1926년 12월 10일 『망위안』 반월간 제1권 제23기에 발표되었다.

2) 우에노 공원(上野公園). 일본 도쿄에 있는 공원으로 벚꽃이 유명하다.

3) 도쿄고분학원(東京弘文學院) 속성반을 가리킨다. 당시 처음 일본에 간 중국 유학생들은 일반적으로 먼저 이곳에서 일본어 등의 교과목을 학습했다.

4) 후지산(富士山). 일본에서 가장 높은 산으로 화산으로 유명하다. 일본 혼슈의 중남부에 있다.

5) 센다이(仙台). 일본 본섬의 동북부에 있는 도시로 미야기현(宮城県)의 수부(首府)이다. 1904년에서 1906년 작자가 여기서 의학을 공부했다.

6) 미토(水戸). 일본 혼슈 동부에 있는 도시. 도쿄와 센다이 중간으로 예전 미토번의 성이 있었다.

7) 주순수(朱舜水, 1600~1682). 이름은 지유(之瑜), 호는 순수, 저장 위야오(余姚) 사람. 명말의 사상가. 명나라가 멸망한 뒤 청을 멸망시키고 명을 회복하는 활동을 전개하다가 실패한 후 일본에 오랫동안 머물면서 학술을 강의했고, 미토에서 객사했다.

8) '사토옥'(佐藤屋)을 가리킨다. 이층의 목조건물로 가타히라초(片平丁) 궁성 감옥 근처에 있다. 여관 주인이 사토였다.

9) 미야가와 댁(宮川宅)을 가리킨다. 집 주인은 미야가와 신야(宮川信哉).

10) 후지노 겐쿠로(藤野嚴九郎, 1874~1945), 일본 후쿠오카현 출신. 1896년 아이치현립 의학전문학교를 졸업한 후 그 학교에서 교수가 되었다. 1901년 센다이 의학전문학교 강사, 1904년 교수가 되었다. 1915년 고향으로 돌아가서 진료소를 설립하고 의사가 되었다. 루쉰 서거 후에 그는 「삼가 저우수런 군을 회고함」이라는 글을 썼다(일본의 『문학지남』文學指南 1937년 3월호에 게재되었다).

11) 러일전쟁은 1904년 2월에서 1905년 9월까지 일본과 러시아가 중국 동북지역과 조선에 대한 침략권익을 두고 싸운 전쟁이다. 이 전쟁은 대부분 중국 영토 안에서 벌어져서 중국인들이 커다란 재난을 겪었다.

12) 톨스토이가 러시아와 일본 황제에게 쓴 편지는 1904년 6월 27일자 런던의 『타임스』지에 게재되었다. 두 달 뒤에 일본의 『헤이민신문』에 번역되어 게재되었다.

13) 여기서는 환등기를 의미한다.

14) 1919년 12월 저자가 사오싱에서 베이징으로 이사한 것을 가리킨다.

판아이눙[1]

도쿄의 하숙집에 있을 때 우리는 대체로 아침에 일어나기만 하면 신
문부터 보았다. 학생들이 보는 신문은 대부분 『아사히신문』과 『요미
우리신문』이었는데, 사회에서 일어나는 자질구레한 일에 흥미를 가
지고 있는 사람들은 『니로쿠신문』을 보았다.[2] 그러던 어느 날 아침 신
문 첫머리에 중국에서 보내온 전보가 첫 눈에 띄었는데 전문은 대개
다음과 같았다.

"안후이성安徽省 순무[3] 은명恩銘이 Jo Shiki Rin에게 피살, 자객
현장에서 체포."

사람들은 한순간 놀라기는 했지만 이어 활기를 띠고 그 소식을
서로 전하였으며, 또 그 자객이 누구이고 한자로는 이름 석 자를 어떻
게 쓰는가를 알아보고자 했다. 하지만 사오싱 출신 사람으로 만약 교
과서에만 매달려 있지 않는 사람이라면, 그가 서석린[4]이라는 것을 즉
시 알았을 것이다. 그는 유학하고 귀국한 뒤 안후이성 후보도[5] 관직으

로 순경 사무를 맡아보고 있었으므로 순무를 찔러 죽이기에는 안성맞춤이었다.

사람들은 그가 장차 극형을 당하고 가족들도 연루되리라고 예측했다. 과연 얼마 가지 않아 추근[6] 여사가 사오싱에서 피살되었다는 소식이 전해 오고 은명의 친위병들이 서석린의 심장을 도려내어 볶아 먹었다는 소식이 전해졌다. 이에 사람들은 분노가 치솟았다. 몇몇 사람들은 비밀리에 모임을 가지고 노자를 마련하여 일본 낭인을 이용하기로 하였다. 일본 낭인[7]은 오징어를 찢어 술안주를 하면서 한바탕 기염을 토한 후 곧바로 길을 떠나 서백손[서석린]의 가족을 마중하러 갔다.

전례에 따라 동향회를 열고 열사를 추도하고 만청정부를 규탄했다. 그런 끝에 어떤 사람은 베이징에 전보를 보내어 만청정부의 잔인무도를 규탄할 것을 주장했다. 회의는 이내 전보를 치자는 파와 치지 말자는 두 파로 갈라졌다. 나는 전보를 칠 것을 주장하는 파에 속했는데, 내 말이 끝나자마자 둔탁한 목소리가 뒤따라 들려왔다.

"죽일 것은 죽여 버렸고 죽을 것은 죽어 버렸는데, 무슨 개떡 같은 전보를 친단 말이야."

목소리의 임자는 키가 껑충하고 긴 머리칼에 눈은 검은자위가 적고 흰자위가 많은 사람으로 사람을 볼 때면 언제나 경멸하는 듯한 눈으로 보았다. 그는 다다미에 쭈그리고 앉아서 내 말을 대체로 반대했다. 일찍부터 이상하다는 생각이 들어 그에게 주의를 돌리고 있던 나는, 이때에 이르러 옆 사람들에게 이 말을 한 사람이 누구인데 저렇게도 쌀쌀한가 하고 물어보았다. 그를 아는 사람이 그는 판아이눙[8]이라 하고 서백손의 제자라고 알려 주었다.

나는 몹시 격분했다. 자기의 은사가 피살되었는데 전보 한 장 치는 것조차 겁내다니, 이렇게 생각하니 나의 눈에는 그가 사람 같지 않아 보였다. 나는 전보를 치자고 우기면서 그와 옥신각신 다투었다. 그러던 끝에 전보를 치자고 주장하는 사람들이 다수가 되는 바람에 그는 자기의 뜻을 굽혔다. 이제 남은 문제는 전보문을 작성할 사람을 추천하는 일이었다.

"추천할 게 있는가? 그거야 전보를 치자고 주장한 사람이 쓰면 될 일이지……."

판아이눙의 말이었다.

나는 그것이 또 나를 꼬집어 하는 말임을 알아차렸지만, 그 말은 무례한 듯하면서도 따지고 보면 무례한 것은 아니었다. 하지만 나는 이 비장한 글은 마땅히 열사의 생애를 잘 알고 있는 사람이 써야 한다고 주장했다. 이런 사람은 다른 사람들보다 열사와 관계가 남달리 밀접하고 마음속으로 더욱 분개하여 그 글은 틀림없이 사람들의 심금을 울려 줄 수 있기 때문이었다. 그리하여 또다시 옥신각신 언쟁이 벌어졌다. 결국엔 그도 쓰지 않고 나도 쓰지 않고 누가 쓰기로 했는지는 알지 못했다. 그런 다음 전보문을 작성할 사람 하나와 전보를 칠 간사 한두 사람만 남고 다른 사람들은 다 흩어졌다.

그후부터 나는 어쨌든 이 판아이눙이 이상한 인간이며 아주 가증스러운 인간이라고 생각했다. 처음엔 세상에서 제일 가증스런 인간이

만주족이라고 여겼는데 이제 와서 보니 만주족은 그 다음이고 제일 가증스러운 놈은 오히려 판아이눙이었다. 중국이 혁명을 하지 않는다면 그만이지만, 혁명을 한다면 무엇보다 먼저 판아이눙을 없애 버려야 한다고 생각했다.

하지만 이런 생각은 그후 차차 희미해지다가 나중에는 없어지고 말았다. 그 일이 있은 후 우리는 한번도 다시 만나지 못했다. 혁명이 일어나기 바로 전 해, 내가 고향에서 교편을 잡고 있을 무렵, 그때는 아마 늦은 봄이었던 듯한데, 뜻밖에도 친구네 집 객석에서 문득 한 사람을 만나게 되었다. 우리는 이삼 초가량 서로 익숙한 듯 바라보다가 동시에 입을 열었다.

"아아, 판아이눙 아니오!"

"아아, 루쉰 아니시오!"

왜 그랬던지 우리는 다같이 빙긋이 웃었는데, 그것은 서로의 처지를 비웃고 슬퍼하는 웃음이었다. 그의 눈은 예나 다름없었으나 이상하게도 몇 해 안 되는 동안에 머리에는 백발이 생겼다. 혹시 본래부터 있었는데 전에는 내가 눈여겨보지 못했는지도 모른다. 몹시 낡은 무명마고자에 해어진 헝겊신을 신고 있는 그의 모습은 초라하기 짝이 없었다. 그는 자기의 지난 경력을 이야기하였는데, 그의 말에 의하면 나중에 학비가 떨어져 더 이상 유학을 계속할 수 없어서 고국으로 돌아왔다는 것이다. 고향에 돌아왔으나 또 경멸과 배척과 박해를 받아 몸 둘 곳이 없었다. 지금은 어느 촌구석에 틀어박혀 소학교 학생들이나 몇 명 가르치며 입에 풀칠해 나가는 형편이라는 것이었다. 하지만 때로는 가슴이 답답하여 이렇게 배를 타고 현성으로 들어오기도 한다는 것이었다.

그는 또 지금은 자기도 술을 마시기 좋아한다고 하여 우리는 함께 술을 마셨다. 그후 그는 현성에 오기만 하면 단골로 나를 찾아왔으므로 우리들은 아주 친숙하게 되었다. 우리는 술이 얼근해진 뒤에 노상 어리석기 짝이 없는 미친 듯한 소리들을 곧잘 늘어놓아 어머니께서도 어쩌다가 듣고 웃으시곤 하였다. 그러던 어느 날 나는 도쿄에서 동향회를 열던 때의 일이 불현듯 생각나서 그에게 이렇게 물었다.

"그날 자넨 전적으로 나를 반대했거든. 그것도 일부러 말이야. 도대체 왜 그랬나?"

"자넨 아직도 모르고 있나? 나는 그전부터 줄곧 자넬 아니꼽게 여겼네. 아니, 나뿐만 아니라 우리 모두가."

"그럼 자넨 그전에 벌써 내가 누구라는 걸 알고 있었나?"

"어떻게 모를 리가 있겠나. 우리가 요코하마[9]에 도착하였을 때 마중 나온 것이 바로 쯔잉[10]과 자네 아니었던가? 자넨 우리를 깔보고 머리를 내저었었지. 그래 그때 일이 기억나나?"

잠깐 생각을 더듬어 보니 칠팔 년 전 일이기는 하지만 생각났다. 그때 쯔잉이 나를 찾아와 요코하마에 가서 고향에서 새로 오는 유학생들을 맞이하자고 했다. 기선이 부두에 닿자 한 무리의, 대략 10여 명 가량 되는 사람들이 부두에 오르더니 가방을 들고 곧장 세관으로 검사받으러 갔다. 세관 관리는 옷가방을 열고 이리저리 마구 뒤적거리다가, 그 속에서 수놓은 전족 신발 한 켤레를 집어냈다. 그 관리는 보

판아이눙 135

던 공무를 다 제쳐놓고 신발을 들고 자세히 들여다보았다. 나는 그만 화가 잔뜩 치밀어 속으로 이 반편이 같은 녀석들 그런 것은 뭐하러 가지고 오나 생각했다. 나도 모르게 조심하지 못하고 머리를 흔들었던 듯했다. 검사가 끝나자 우리는 여관에 들어 잠깐 쉬고 나서 이내 기차에 올랐다. 그런데 뜻밖에도 이 서생들은 차에서 또 자리를 가지고 사양하기 시작했다. 갑은 을 보고 앉으라 하고 을은 병에 자리를 권하며 서로 밀고 당기고 하는데 기차가 떠났다. 기차가 한 번 흔들리자 그만 서너 사람이 넘어졌다. 이때에도 나는 자못 마땅치 않게 여겨 속으로 생각했다. 그까짓 자리 가지고 무슨 귀천을 다 가리는고…… 이번에도 조심하지 못하고 또 머리를 흔들었던 것 같다. 하지만 그렇듯 점잔 빼고 예절을 차리는 사람들 속에 판아이눙이 있었다는 것은 이날에야 비로소 알게 되었다. 하나 어찌 그뿐이었으랴, 말을 하자면 부끄러운 일이지만 그들 속에는 또한 그후 안후이성에서 전사한 진백평[11] 열사, 피살당한 마종한[12] 열사가 있었고, 어두운 감옥 속에 갇혀 있다가 혁명 후에야 햇빛을 보게 된, 온몸에 영원히 지워 버릴 수 없는 혹형의 상처자국이 낭자한 사람들도 한둘 있었다. 그랬으나 나는 아무것도 모르고 그저 머리를 절레절레 흔들면서 그들을 도쿄로 데려갔던 것이다. 서백손도 그들과 같은 배로 오기는 했으나, 이 기차에 오르지 않고, 그는 고베[13]에서 부인과 함께 기차를 갈아타고 육로로 왔다.

생각해 보니 그때 내가 머리를 내저은 것은 두 번인 것 같은데, 그들이 본 것이 어느 때였는지는 알 수 없다. 하지만 자리를 권할 때는 시끌벅적했으니 보지 못했을 것이고 검사를 받을 때는 조용했으니,

틀림없이 세관에서 보았을 것이다. 판아이눙에게 물어보았더니 과연 그랬다.

"난 자네들이 그런 걸 뭐하러 가지고 떠났는지 도무지 알 수 없더군. 그건 누구의 것이었나?"

"그거야 물을 게 있나? 우리 사모님의 것이었지." 그는 흰자위가 많은 눈을 치떴다.

"도쿄에 가면 전족을 감추고 큰 신발을 신어야 하는데 구태여 그것을 가지고 갈 건 뭐야?"

"그걸 누가 아나? 당사자한테나 물어보라고."

초겨울이 되자 우리들의 형편은 더욱 어렵게 되었다. 하지만 그래도 술을 마시며 곧잘 우스갯소리를 했다. 그러는 가운데 어느덧 우창봉기[14]가 일어나고 이어 사오싱이 광복되었다.[15] 광복 이튿날 현성에 들어온 판아이눙은 농부들이 쓰고 다니는 털모자를 썼는데 그 밝은 웃음은 이전에는 볼 수 없었던 것이었다.

"루쉰 형, 오늘은 우리 술을 먹지 마세. 난 지금 광복된 사오싱을 구경하러 가겠네. 나와 같이 가세나."

우리는 거리를 한 바퀴 돌아보았다. 눈이 닿는 곳마다 흰 깃발 천지였다. 하지만 겉보기엔 이랬지만 실속은 지난날 그대로였다. 군軍정부도 역시 지난날의 몇몇 시골 신사나으리들이 조직했는데 무슨 철도회사 대주주가 행정사장으로, 전당포 주인이 병기대장으로…… 행세를 하는 판이었다. 이 군정부도 결국은 오래가지 못했다. 몇몇 소년들이 소요를 일으키자 왕진파[16]가 군대를 거느리고 항저우로부터 진

격해 왔다. 하긴 떠들지 않았더라도 들어왔을 것이다. 왕진파는 들어온 후, 수많은 건달들과 신진적인 혁명당에 둘러싸여 마음껏 도독[17] 노릇을 하였다. 그리고 관청 안의 인간들도 목면으로 된 옷을 입고 왔었는데 열흘이 채 못 되어 거의 모피두루마기로 바꾸어 입었다. 날씨는 아직 춥지도 않았는데.

나는 사범학교 교장이란 호구책이 주어졌는데 도독으로부터 학교 경비로 이백 원을 받았다. 아이눙은 학감이 되었는데 옷은 여전히 전에 입던 무명마고자였다. 하지만 술은 그리 마시지 않았으며 한담을 할 겨를도 거의 없었다. 그는 교내 사무를 맡아보는 한편 학생들도 가르쳤는데 실로 부지런하였다.

"글쎄 하는 꼴을 보니 안 되겠어요. 저 왕진파들 말입니다." 작년에 나의 강의를 받은 적이 있는 한 소년이 나를 찾아와 못내 흥분해서 말했다.

"우리는 신문[18]을 꾸려 가지고 그들을 감독할 작정입니다. 그런데 발기자로 선생님의 이름을 좀 빌려야 하겠습니다. 그리고 쯔잉 선생님, 더칭[19] 선생님도 있습니다. 사회를 위해서, 선생님은 결코 마다하지 않으시리라고 저희들은 알고 있습니다."

나는 그의 청을 들어주었다. 이틀 후 신문을 발간한다는 광고를 보았는데 발기인은 아닌 게 아니라 세 사람이었다. 닷새 후에는 신문이 발간되었는데 그 첫머리에는 군정부와 그 구성원들을 욕하고, 다음에는 도독을 비롯해서 그의 친척, 고향 사람들, 첩······ 등을 욕했다.

이렇게 열흘 남짓 욕을 해대자 우리 집으로 한 가지 소식이 날아

들었다. 너희들은 도독의 돈을 사취하고도 도리어 도독을 욕해 대니, 도독이 사람을 보내어 너희들을 권총으로 쏴 죽일 것이라는 말이었다.

다른 사람들은 그런대로 별일이 없었지만 누구보다도 어머니가 제일 조급해져서 나더러 더는 밖으로 나다니지 말라고 당부했다. 하지만 나는 예나 다름없이 나다녔으며 어머니에게도 왕진파가 우리를 죽이러 오지 않을 것이라고 이야기했다. 그것은 그가 녹림대학[20] 출신이기는 하지만 사람을 죽이는 것은 쉬운 일이 아니기 때문이었다. 하물며 내가 받은 것은 학교 경비이고, 이 점에 대해서는 그도 명확히 알고 있을 것이니 그저 그렇게 말해 보았을 따름이라고 설명했다.

아닌 게 아니라 아무도 죽이러 오지 않았다. 편지로 경비를 청구했더니 또 돈 이백 원을 보내 주었다. 그런데 이번엔 좀 노여웠던지 전령이 말했다. 앞으로 다시 돈을 청구하면 못 주겠다.

그런데 아이눙이 입수한 새 소식은 나를 몹시 난처하게 만들었다. 이른바 '사취했다'는 것은 학교 경비를 두고 말한 것이 아니라 신문사에 보내 준 돈을 두고 한 말이었다. 신문에서 며칠 동안 욕설을 퍼부었더니 왕진파는 사람을 시켜 돈 오백 원을 보냈다. 그래서 우리 소년들은 회의를 열었는데, 그 첫째 문제는 돈을 받을 것인가 아닌가였다. 결정은 받자는 것이었다. 둘째는 돈을 받은 다음에도 욕을 할 것인가 안 할 것인가였다. 결정은 역시 욕을 하자는 것이었다. 그 이유는 돈을 받은 다음부터는 그도 주주가 되었으므로 주주가 나쁠 때 마땅히 욕을 해야 한다는 것이다.

나는 즉각 신문사로 달려가서 이 일의 사실 여부를 알아보았는데 모두 사실이었다. 그래서 그 돈을 받지 말아야 한다는 말을 몇 마디 비치었더니, 회계란 사람이 볼이 부어 가지고 나에게 질문했다.

"신문사에서 왜 주식자금을 받지 말아야 한단 말입니까?"

"그것은 주식자금이 아니라······."

"주식자금이 아니면 무엇이란 말입니까?"

나는 더 이상 말하지 않았다. 그것은 세상물정을 벌써부터 익히 알고 있었기 때문이다. 만약 내가 우리들도 연루될 것이라고 더 말했다가는, 그가 당장에 한 푼어치도 안 되는 목숨이 아까워서 사회를 위해 희생하려 하지 않는다는 면박을 당하거나, 혹은 다음 날 신문에 내가 죽을까 봐 두려워서 부들부들 떨더라는 기사가 실릴 것이었다.

그런데 때마침 나더러 난징으로 와 달라는 지푸[21]의 독촉편지가 왔다. 아이눙도 대찬성이었으나 무척 쓸쓸해했다.

"여기는 이 꼴이니 있을 곳이 못 되네. 어서 떠나게······."

나는 그의 다하지 않은 말뜻을 알고서 난징으로 가기로 결정했다. 먼저 도독부를 찾아가 사직서를 제출하니 두말없이 비준하고 코흘리개 접수원을 보내왔다. 장부와 쓰다 남은 동전 열두 닢을 내주고 교장자리를 내놓았다. 그 뒤 후임으로 온 교장은 공교회[22] 회장 푸리천이었다.

신문사 사건[23]은 내가 난징으로 떠난 지 이삼 주 후에 결말이 지어졌는데 끝내는 한 무리의 병사들에 의하여 부수어지고 말았다. 그때 쯔잉은 농촌에 나가 있었으므로 무사했으나 더칭은 마침 현성 안에 있다가 칼에 허벅지를 찔렸다. 그는 노발대발했다. 물론 그것은 몹시 아프기 때문에 그를 괴이하게 여길 수는 없다. 그는 분노한 나머지 아래옷을 벗고 사진을 찍었는데, 그것은 한 치가량 되는 칼자리의 상처를 보여 주기 위해서였다. 그리고 사실을 설명하는 글까지 덧붙여서 각 곳으로 배포하여 군정부의 횡포를 폭로했다. 나는 이 사진을 오늘까지 간직한 사람은 아마 없으리라고 생각한다. 사진이 하도 작아서 상처자국은 더욱 축소되어 거의 없다시피 보였으므로, 설명을 달지 않았더라면 사람들은 틀림없이 그것을 광기 어린 어떤 풍류인물의 나체 사진이라고 간주했을 것이다. 뿐만 아니라 쑨촨팡[24] 장군의 눈에 띄었다면 금지당했을 것이다.

내가 난징에서 베이징으로 옮겼을 무렵에 아이눙도 학감 자리에서 공교회 회장인 교장에 의해 쫓겨나고 말았다. 그는 다시 혁명 전의 아이눙으로 되돌아갔다. 나는 베이징에 조그만 일자리를 물색해 주려고 애썼지만──이것은 그의 간절한 희망이었는데──, 그런 자리가 나지 않았다. 나중에 그는 어떤 친구 집에 얹혀살면서, 가끔 나에게 편지를 보냈다. 살아가는 형편이 어려워짐에 따라 편지의 구절들도 점점 더 처량해졌다. 나중에는 그 집에서조차 나오지 않을 수 없게 되어 여러 곳을 방랑했다. 얼마 전에 갑자기 고향 사람들한테서 소식을 들었는데, 그가 물에 빠져 익사했다고 말했다.

나는 그가 자살한 것이 아닐까 의심했다. 헤엄을 잘 치는 그가 여간해서는 물에 빠져 죽지 않을 것이었기 때문이다.

밤에 홀로 회관에 앉아 있으려니 마음은 한없이 서글퍼졌고, 그것이 확실치 않은 소문이 아닐까 하는 의혹도 없지 않았다. 그러나 또 무슨 증거가 있는 것도 아니지만, 어쩐지 그것이 확실한 것으로 느껴지기도 했다. 아무런 방법도 없는 나로서는 그저 시 네 수[25]를 지었을 뿐이었다. 이 시들은 나중에 어느 신문에 실렸는데 지금은 거의 다 잊어버리고 그중 한 수마저 여섯 구절밖에 기억나지 않는다. 첫 네 구절은 "잔을 들어 세상을 논할 때 선생은 술꾼을 경멸하였더라. 하늘마저 흠뻑 취하였거늘 조금 취하고서야 어이 세파에 묻혀 버리지 않을쏘냐"였으며 그다음 두 구절은 잊어버렸고, 마지막 두 구절은 "옛 벗들 구름처럼 다 흩어졌거니 나도 또한 가벼운 티끌 같구나"이다.

그후 나는 고향에 돌아가서야 비로소 비교적 상세한 내막을 알게 되었다. 아이눙은 사람들한테서 미움을 샀던 탓으로 생전에 아무 일도 할 수 없었다. 그는 몹시 어려운 처지에 있었지만 친구들이 청하는 덕에 술만은 그래도 마셨다. 그는 사람들과 별로 내왕이 없었으며 자주 만나는 사람들은 나중에 알게 된 비교적 젊은 사람들 몇밖에 없었다. 그런데 그들마저도 그의 불평을 듣기 좋아하는 기색이 아니었으며, 우스갯소리를 듣느니만 못하게 여기는 것이었다.

"아마 내일은 전보가 올지도 모르지. 펼쳐 보면 루쉰이 나를 부르는걸세."

그는 가끔 이렇게 말했다는 것이다.

어느 날 몇몇 새로운 벗들이 찾아와서 배를 타고 경극 구경을 가자고 했다. 돌아올 때는 벌써 한밤중이 되었는데 게다가 비바람이 세찼다. 술에 취한 그는 기어코 뱃전에 가서 소변을 보겠다고 했다. 배 안의 사람들이 모두 말렸으나 그래도 그는 물에 빠질 염려가 없다고 하면서 듣지 않았다. 하지만 결국은 물에 빠지고 말았다. 헤엄을 잘 치는 그였지만 다시는 물 위에 떠오르지 않았다.

그 이튿날 마름이 무성한 늪에서 시체를 찾았는데 시체는 뻣뻣이 서 있었다는 것이다.

나는 오늘까지도 그가 죽은 것이 발을 헛디딘 탓인지 아니면 자살한 것인지 똑똑히 모르고 있다.[26]

그는 죽은 뒤 아무것도 없었고, 어린 딸 하나와 아내만 남았다. 그래서 몇몇 사람들이 딸아이의 장래 학비로 기금을 좀 모으려 하였다. 그런데 이런 말이 나오자마자, 그의 가문 사람들이 이 기금의 보관권을 가지고 옥신각신 다투었으므로 — 사실 아직 기금도 없는데 — 모두들 싱거운 생각이 들어 흐지부지하고 말았다.

지금 그의 무남독녀 외딸의 형편은 어떠한지? 학교를 다닌다면 벌써 중학교는 졸업하였을 것이다.

11월 18일

주)_____

1) 원제는 「范愛農」, 1926년 12월 25일 『망위안』 제1권 제24호에 발표되었다.

2) 일본의 『니로쿠신문』(二六新聞)은 정식으로는 『니로쿠신보』(二六新報)로, 고의적으로 가십성 기사를 중심으로 보도하는 것으로 유명했다. 1907년 7월 8일과 9일자 도쿄의 『아사히신문』에는 서석린이 은명을 칼로 찔러 죽인 사건이 보도되었다.

3) 순무(巡撫). 관직명으로 청대 성(省)을 관리하는 최고위직 관리.

4) 서석린(徐錫麟, 1873~1907). 자는 백손(伯蓀), 저장성 사오싱 사람으로 청나라 말의
혁명단체인 광복회의 중요한 회원이다. 1905년 사오싱에서 대통사범학당(大通師範
學堂)을 설립하여 반청(反淸)혁명의 핵심 간부들을 배양했다. 1906년 봄, 혁명활동에
종사하는 데 편리를 도모하고자 자금을 모아서 후보도 관직을 매관하여 가을에 안후
이에 배속되었다. 1907년 추근과 함께 각각 안후이성과 저장성에서 동시에 봉기를
일으킬 준비를 했다. 7월 6일(광서 33년 5월 26일) 서석린은 안후이 순경처회판(巡警
處會辦) 겸 순경학당(巡警學堂) 감독이라는 신분을 이용하여, 순경학당의 졸업식이
거행되는 기회를 틈타 안후이 순무 은명을 칼로 찔러 죽인 다음 소수의 학생들을 데
리고 병기고를 점령했다. 탄알이 떨어지는 바람에 체포되어 그날 바로 살해당했다.

5) 후보도(候補道), 즉 후보도원(候補道員)을 말한다. 도원은 청대의 관직명으로 성(省)
급 아래, 부(府)·주(州) 이상의 한 행정구역을 총관하는 직무의 도원과 한 성의 특정
직무를 전문적으로 관장하는 도원으로 나누어져 있었다. 청대 관제에 따르면 과거나
혹은 연납(捐納; 헌금을 내고 관직에 임명되는 일) 등의 과정을 통과한 사람은 모두 도
원이라는 관직을 취할 수 있었다. 그러나 실제 직무를 맡는지의 여부는 일정하지 않
았다. 일반적으로 실제적 직무가 없는 도원은, 이부(吏部)에서 선발해서 각 부처나 각
성으로 파견했다. 관직이 있을 때까지 대기해야 했으므로 '후보도'라고 불렀다.

6) 추근(秋瑾, 1875~1907). 자는 선경(璿卿), 호는 경웅(競雄), 별호는 감호여협(鑒湖女
俠)이며, 저장 사오싱 사람이다. 1904년 일본에 유학했으며 유학생들의 혁명 활동에
적극 참가했고, 이때를 전후하여 광복회(光復會), 동맹회(同盟會)에 가입했다. 1906
년 봄에 귀국하여 1907년에 사오싱에서 대통사범학당을 주관하면서 광복군을 조직
하여 서석린과 저장, 안후이 두 성에서 동시에 봉기를 일으키려고 준비했다. 서석린
이 봉기를 일으켰으나 실패하자 그녀는 같은 해 7월 13일 청 정부에 의해 체포되어
15일 새벽 사오싱의 쉬엔팅커우(軒亭口)에서 처형당했다.

7) 낭인(浪人). 일본 막부시대의 녹위를 상실하여 사방을 유랑하는 무사를 지칭한다. 에
도시대(1603~1867) 막부체제가 와해됨에 따라 일시적으로 낭인이 급증했다. 그들은
고정 직업이 없이 다른 사람들에게 고용되어 각종 전투 활동에 종사했다. 일본제국
주의가 여러 곳을 침략할 때 자주 낭인이 선봉에 섰다.

8) 판아이눙(范愛農, 1883~1912) 이름은 자오지(肇基), 자는 쓰녠(斯年), 호는 아이눙, 저
장 사오싱 사람. 1912년 7월 10일 사오싱 『민국일보』(民國日報)의 친구들과 호수에
서 놀다 익사했다.

9) 요코하마(橫濱). 일본 본토의 중남부 항구도시. 가나가와현의 현정부가 있는 곳으로 도쿄만 서안에 있다.

10) 쯔잉(子英). 성명은 천밍쥔(陳名濬, 1882~1950), 자는 쯔잉, 저장 사오싱 사람.

11) 진백평(陳伯平, 1882~1907). 원명은 연(淵), 자는 묵봉(墨峰), 스스로 호를 '광복자'(光復子)라고 불렸다. 저장 사오싱 사람. 대통사범학당의 학생으로 두 차례에 걸쳐 일본으로 가서 경무(警務)와 폭탄제조술을 학습했다. 1907년 6월 마종한과 함께 안후이로 가서 서석린의 봉기활동에 참가했고, 봉기 중 병기고 전투에서 사망했다.

12) 마종한(馬宗漢, 1884~1907). 이름은 순창(純昌), 자는 자휴(子畦), 스스로 호를 '종한자'(宗漢子)라고 불렸다. 저장 위야오 사람. 1905년 일본 유학을 갔다가 다음 해 귀국했다. 1907년 안후이로 가서 서석린의 봉기활동에 참가했고, 봉기 중 병기고를 수비하다가 총에 맞아 체포되었다. 혹형을 받은 후에 8월 24일 최후를 마쳤다.

13) 고베(神戶). 일본 서남부에 있는 항구도시 효고현(兵庫縣)의 소재지. 오사카만의 서북 해안에 있다.

14) 우창봉기(武昌蜂起). 즉 신해혁명. 1911년 10월 10일, 우창에서 동맹회 등이 지도한 청왕조를 타도하자는 무장봉기.

15) 『중국혁명기』(中國革命記) 제3권(1911년 상하이 자유사 편집 인쇄)에 신해 9월 14일(양력 1911년 11월 4일) "사오싱부는 항저우가 민간군대에 의해 점령되었다는 소식을 듣고 바로 그날 광복을 선포했다"고 기록되어 있다.

16) 왕진파(王金發, 1883~1915). 이름은 이(逸), 자는 지가오(季高), 저장 성(嵊)현 사람. 원래는 저장 홍문회당(洪門會黨) 평양당(平陽黨)의 수령으로 후에 광복회의 창시자인 타오청장(陶成章)의 소개로 광복회에 가입했다. 1911년 11월 10일 그는 광복군을 이끌고 사오싱에 들어와서 11일에 사오싱 군정분부(軍政分部)를 성립하고 스스로 도독(都督)이 되었다. '이차혁명' 실패 후 1915년 7월 13일 저장 독군(督軍) 주루이(朱瑞)에게 항저우에서 살해당했다.

17) 도독(都督). 관직명. 신해혁명 시기에 지방의 최고 군정장관이었다. 후에 독군으로 바꾸었다.

18) 『웨둬일보』(越鐸日報)를 말한다. 1912년 1월 3일 사오싱에서 창간되었다. 1912년 8월 1일 폐간당했다. 작자도 이 신문의 발기인 중 하나이고, 「『웨둬』 출간사」를 썼다(『집외집습유보편』에 수록되어 있다).

19) 더칭(德淸). 순더칭(孫德卿, 1868~1932). 저장 사오싱 사람. 당시 개명된 신사(紳士)

로 반청혁명활동에 참가했다.

20) 녹림대학(綠林大學). 서한시대 말년에 왕광(王匡), 왕봉(王鳳) 등이 농민들을 이끌고 녹림산(綠林山; 지금의 후베이 당양當陽현 동북쪽)에서 봉기하고 '녹림병'이라고 불렀다. 후에 산림에 모여서 관청에 반항하거나 재물을 약탈하는 사람들을 일반적으로 지칭하는 데 사용되었다. 왕진파가 이끌었던 홍문회당 평양당은 호칭이 '만인' (萬人)이었는데, 작자가 일부러 여기에서 그를 '녹림대학'이라고 부르면서 비웃고 있다.

21) 지푸(季茀). 쉬서우상(許壽裳, 1883~1948)으로 자는 지푸, 저장 사오싱 사람, 교육가. 작가의 일본 고분학원 유학 시기의 동학으로 후에 교육부, 베이징여자사범대학, 광둥 중산대학 등에서 여러 해 동안 함께 근무했고, 작자와 관계가 돈독했다. 『내가 아는 루쉰』(我所認識的魯迅), 『작고한 친구 루쉰 인상기』(亡友魯迅印象記) 등의 저서가 있다. 항일전쟁 승리 후에 타이완대학에서 교편을 잡았다. 그가 민주와 루쉰을 선전하는 데 기울였기 때문에, 국민당 당국으로부터 기피인물이 되었다. 1948년 2월 18일 깊은 밤에 타이베이에서 칼에 맞아 죽었다. 여기에서 말하는 '난징으로 와 달라는 편지'는 그가 당시 교육총장 차이위안페이(蔡元培)의 부탁을 받아, 작자가 난징 교육부에 와서 직책을 맡으라는 초청이었다.

22) 공교회(孔教會). 위안스카이(袁世凱)를 위해 복벽을 도모하는 데 복무하는, 공자를 숭상하는 조직. 1912년 10월 상하이에서 성립했고 다음 해에 베이징으로 옮겼다. 당시 각 지방의 봉건세력은 분분히 이러한 종류의 조직을 건립했다. 사오싱의 공교회 회장 푸리천(傅勵臣, 1866~1918)은 청말의 거인(擧人)으로 그는 동시에 사오싱교육회 회장과 사오싱사범학교 교장을 겸직했다.

23) 왕진파의 부대 병사들이 웨둬일보사(越鐸日報社)를 짓부순 사건. 1912년 8월 1일에 발생했는데, 작자는 5월에 난징으로 떠난 후, 교육부를 따라서 베이징으로 옮겼다. 여기에서 "내가 난징으로 떠난 지 이삼 주 후에"란 말은 기억이 잘못된 것이다.

24) 쑨촨팡(孫傳芳, 1885~1935). 산둥 리청(歷城) 사람, 베이양 즈리파에 속하는 군벌이다. 1926년 여름 그는 저장, 장쑤 등지를 점령하고서 예교를 수호한다는 이유로 상하이 미술전문학교에서 나체 모델을 채용하는 것을 금지하는 명령을 내렸다.

25) 작자가 판아이눙을 애도하는 시는 실제로는 세 수이다. 최초로는 1912년 8월 21일 사오싱의 『민국일보』에 발표되었는데, 저자는 황지(黃棘)로 되어 있다. 후에 『집외집』(集外集)에 수록되었다. 뒤에서 말하는 '한 수'는 세번째 시로 그 5, 6구는 "여기에

서 이별하니 옛일이 끝나고, 이로써 나머지 말을 끊어 버리네"이다.

26) 판아이눙의 죽음에 관해서는 1912년 5월 9일(음력 3월 27일) 판아이눙이 작자에게 보낸 편지에 "세상이 이와 같다면, 실로 어찌 살아갈 것인가? 마땅히 우리들은 강직하게 살아갈 것이니 세파와 속류에 따르지 않으리, 오직 죽음만이 있을 뿐이니 무슨 이유로 살아갈 것인가"라는 구절이 있다. 작자는 판아이눙이 호수에 투신하여 자살했으리라고 의심했다.

후기[1]

나는 이 책에 실린 세번째 글 「『24효도』」의 첫머리에서, 베이징에서
아이들을 겁주려는 '마호자'馬虎子는 마땅히 '마호자'麻胡子로 적어야
하며, 그것은 마숙모麻叔謀를 가리키며 호인胡人일 것이라고 말했다.
그런데 이제 와서 알고 보니 그것은 틀린 것이었다. '호'胡자는 마땅히
'호'祜자이며 숙모叔謀의 이름이다. 당나라 사람 이제옹[2]이 쓴 『자가
집』 하권에 「마호麻胡가 아니다」라는 제목의 글이 있다. 원문은 다음
과 같다.

항간에서 아이들을 혼낼 때, '마호麻胡가 온다!'고 말한다. 그 내력을
모르는 사람들은 그를 수염투성이 신으로 그 수염으로 사람을 찌르
는 줄로 알고 있으나 사실은 그렇지 않다. 수나라 장수 마호麻祜는
성질이 몹시 포악하고 잔혹했다. 변하汴河[3]를 개통하라는 양제煬帝
의 명령을 받고 그 위세가 대단하였으므로, 어린아이들조차도 소문

만 듣고 지레 겁을 먹었다. 그들은 "마호가 온다!"며 서로 겁을 주었다. 아이들의 발음이 정확하지 못해서 호帖자를 호胡자로 잘못 발음했던 것이다. 예를 들면 헌종[4] 황제 때 번국蕃國 사람들은 린징 지방의 장수 학빈[5]을 모두 무서워하였으므로 그곳에서는 어린애들이 울때 학빈이 온다고 하면 아이들이 울음을 그쳐 버렸다. 그리고 무종[6] 황제 때 여염집 아이들은 "설윤[7]이 온다!"며 서로 겁을 주었는데, 이러한 것들이 모두 그와 같은 실례들이다. 『위지』魏志에 실려 있는 장문원료[8]가 온다는 말도 분명한 예이다. (주: 마호의 묘는 수이양[9] 지방에 있다. 부방鄜方 절도사 이비李丕는 그의 후손으로 마호의 비를 다시 세웠다.)

나의 식견이란 것이 당나라의 '그 내력을 모르는 사람'의 것과 같았으니, 벌써 천 년 전에 남들의 웃음거리를 사는 셈이어서 비난을 받아도 마땅한 일이라 그저 쓴웃음을 지을 수밖에 없다. 그런데 그 마호묘의 비나 비문이 수이양 지방이나 지방지 속에 지금까지 남아 있는지 알 수 없다. 만약 있다면 우리는 『운하개통기』란 소설에 적힌 것과는 상반되는 그의 업적을 볼 수 있을 것이다.

삽화 몇 장을 구하고자 생각했는데, 창웨이쥔[10] 형이 베이징에서 나에게 많은 자료를 수집하여 보내 주었다. 그 가운데 몇 가지는 이전에 본 적이 없는 것들이었다. 예를 들면 광서 기묘년(1879)에 쑤저우蘇州의 호문병[11]이 쓴 『이백십효도』二百卅孝圖 —— 원서의 주에 "십

(卌)은 사십(卌)이라고 읽는다"고 했는데 무엇 때문에 '십'(卅)을 직접 '사십'(四十)이라 쓰지 않고 그렇듯 번잡하게 써야 하였는지 도무지 알 수 없다――가 바로 그 가운데 하나였다. 나는 「곽거가 아들을 묻다」는 이야기를 반대해 왔는데, 호문병은 내가 세상에 태어나기 몇 해 전에 벌써 그것을 삭제해 버렸다. 그는 머리말에 이렇게 썼다. "…… 저잣거리에서 찍어 낸 『24효』는 훌륭했다. 하지만 그 가운데 곽거가 아들을 묻은 이야기만은 천리와 인정에 비추어 보매 도저히 본받을 만한 것이 못 된다. …… 내가 주제넘게도 함부로 편집하였다. 어쨌든 잘못된 것을 바로잡으려다가 너무 지나치게 과장되어 버려 오히려 명성만을 구하는 이야기들은 주저 없이 모조리 삭제했다. 인간의 도리에 어긋나지 않고 사람마다 실행할 수 있는 것들만 골라서 여섯 가지 부류로 나누어 놓았다."

나는 이 쑤저우 호(해) 선생의 용기 있는 결단에 실로 탄복했다. 물론 이런 견해를 품어 온 사람이 그 사람만이 아니고 유래도 오래되었을 터이나, 대체로 과감하게 삭제하지는 못했다. 일례로 동치 11년(1872)에 판각한 『백효도』[12]의 머리말에서 기상 정지[13]는 다음과 같이 말하고 있다. "…… 근래에 이르러 세상 풍속이 나날이 피폐해 가고 경박해짐에 따라 효도란 것이 천성에서 스스로 우러나오는 것인 줄 모르고 오히려 엉뚱한 일로 만들어 버렸다. 뿐만 아니라 옛사람들이 화로 속에 뛰어들거나[14] 아들을 땅속에 파묻어 버리는 것을 예로 들어서 인간의 도리를 어기는 잔인한 짓으로 여기고 있고, 엉덩이 살을 베어 내고 창자를 후벼 내는 것을 부모에게서 전해 받은 육신을 손상하는 것으로 지적하고 있다. 그들은 효도란 마음에 있는 것이지 그 행동 여하에 있는 것이 아니라는 것을 전혀 알지 못한다. 효성을 다함 에는 고정된 형식이 없고 효행을 다함에는 정해진 일이 없다. 옛날의 효도는 오늘에 알맞지 않으며 오늘의 효도는 옛일을 본받기 어려운 것이다. 때와 장소가 같지 않음에 따라 그 사람과 그 일은 저마다 다르 지만 효도를 다하려는 마음을 가지려는 것만은 매한가지이다. 그러므 로 자하[15]가 효에 대해 부모를 섬김에 있어서 자기의 온 힘을 다하는 것이라 하였다. 그렇기 때문에 효도에 대한 제자들의 물음에 공자의 답변이 어찌 똑같을 수가 있었겠는가? ……"

이로써 동치 시대에도 아들을 파묻는 등의 일들은 '인간의 도리 를 어기는 잔인한 짓'이라고 여기는 사람들이 있었음을 똑똑히 알 수 있다. 그러나 '기상 정지' 선생의 말뜻은 잘 알 수 없다. 혹시 그것은 오 늘에 와서는 이런 일을 따라 배울 필요가 없지만, 그렇다고 그런 일이 잘못이라고 할 필요도 없다는 뜻이 아닌가 싶다.

이 『백효도』의 기원은 좀 특별하다. 그것은 이 책이 '월동粵東 안 자顔子'의 『백미신영』[16]이란 책을 보고 만들어졌기 때문이다. 일반 사 람들은 미색을 중히 여기는데 그는 효도를 중히 여겼으니 도의를 지 키는 그의 마음은 실로 지극하다고 할 만하다. 이 책은 "후이지會稽현 의 유보진兪葆眞 란포蘭浦가 편집"하였는데, 비록 저자가 소생과 같은 고향 사람이나, 나는 이 책이 그리 고명하지 못하다고 솔직하게 말할 수밖에 없다. 예를 들면 이 책에는 「목란이 군대에 나가다」[17]라는 옛

이야기가 있는데 그는 이 이야기의 출전을 『수사』[隋史]라고 주를 달았다. 하지만 이런 이름을 가진 책은 아직까지 없으며 설령 『수서』[隋書][18]에서 나왔다고 해도 거기에는 그런 이야기가 없다.

그런데 중화민국 9년(1920)에 상하이의 출판사에서 하필이면 이 책을 석인본[石印本]으로 인쇄할 때에 책이름 앞뒤에 두 글자씩 덧붙여서 『남녀백효도전전』[男女百孝圖全傳]이라고 제목을 붙였다. 이 책 첫 페이지에 '가정 교육의 훌륭한 모범'이라는 작은 글씨가 쓰여 있으며, '오하대착[吳下大錯] 왕정[王鼎] 근지[謹識]'[19]라는 서문까지 덧붙여 있다. 서문 첫머리에는 동치 연간의 '기상 정지' 선생과 흡사한 탄식을 한바탕 늘어놓았다. "아아, 유럽의 문화가 점차 동양으로 전파됨에 따라 국내의 학자들이 요란스럽게 자유 평등 학설을 부르짖고 있다. 그리하여 도덕은 나날이 몰락하고 사람들의 마음은 더욱 경박해져 부끄러움을 모르고 못하는 짓이 없으며 요행을 바라 모험을 하고 행운을 만나 승진할 것만 생각할 뿐, 품행이 바르고 절조가 굳은 것을 수양하고 자신을 단속하여 자중하려는 사람을 찾아봐도 세상에서 보기 드물게 되었다. …… 이 세상에서 인간의 도리를 어기며 잔인한 짓을 하는 자들을 볼 것 같으면 거의 다 진숙보[20]와 같은 간도 쓸개도 없는 놈들이다. 줄곧 이렇게 되는 도도한 풍조가 언제면 끝날 것인가?"

사실 진숙보가 '간도 쓸개도 없는'지는 모호하지만, '인간의 도리를 어기며 잔인한 짓'을 한다는 점에다 그를 끌어다 붙인다면 억울하다고 하지 않을 수 없다. 이것이 「곽거가 아들을 묻다」와 「이아가 화로에 뛰어들다」에 대한 몇몇 사람들의 평가이다.

사람들의 마음도 아닌 게 아니라 다소 경박해지고 있는 듯하다. 『남녀의 비밀』과 『남녀교합신론』이란 책이 나타난 다음부터 상하이에서는 많은 책들이 앞머리에 '남녀'란 두 글자를 붙이기 좋아하고 있다. 오늘에 와서 '사람의 마음을 바르게 하고 풍속을 돈후하게 하는' 『백효도』에까지도 붙이게 되었다. 이에 대해서는 『백미신영』이란 책에 불만을 품고 효도를 가르치려 했던 '후이지현의 유보진 란포' 선생도 미처 예상하지 못했을 것이다.

"백 가지 행동 가운데 으뜸"[21]이라고 하는 효행을 말하는 데에서 느닷없이 '남녀'문제로 이야기를 끌어간다는 것은 어딘지 정중하지 못하고, 경박한 듯하다. 하지만 어쨌든 이 기회에 나는 그것을 몇 마디 더, 물론 될 수 있는 대로 짧게 말해 보려 한다.

우리 중국 사람들은 "백 가지 행동 가운데 으뜸"인 것을 대할 때에도 남녀문제를 떠올리지 않는다고 할 수 없다고 나는 감히 말한다. 태평세월에는 한가한 사람들이 많다. 어쩌다 '인을 위하여 몸을 바치고 정의를 위하여 목숨을 바칠' 때에는 당사자로서야 아마도 위에 대해 살펴볼 마음의 여유는 없겠지만, 살아 있는 방관자는 어쨌든 면밀하게 연구하는 것이다. 조아曹娥의 「강에 뛰어들어 아버지를 찾다」[22]는 이야기는 조아가 물에 빠져 죽은 후에 익사한 아버지의 시체를 안고 나오는 것으로 정사에 실려 있어서 아주 많은 사람들이 알고 있다. 하지만 바로 '안다'抱라는 글자가 문제를 일으켰다.

나는 어릴 때 고향에서 노인들이 다음과 같이 말하는 것을 들었다. "…… 죽은 조아가 아버지의 시체와 맨 처음엔 서로 얼굴을 마주하고 떠올랐다지. 그런데 길 가던 행인들이 그것을 보고 '하하!' 웃으면서 '저렇게 젊은 처녀가 저런 영감탱이를 끌어안고 있다니!'라고 말했다네. 그러자 두 시체는 또다시 물속에 가라앉아 버렸지. 한참 있다가 다시 떠올라 왔는데 이번엔 서로 등과 등을 맞대고서 떠올랐다네."

무엇을 더 말하리오! 예의지국에서는 나이 어린 — 오호라, '조아는 열네 살'밖에 안 된다 — 죽은 효녀가 죽은 아버지와 함께 떠오르는 것마저도 이렇듯 어려운 일이다!

나는 『백효도』와 『이백사십효도』를 조사해 보았는데 화가들은 모두 총명한 사람들이라서, 그림 속의 조아는 모두 아직 강물에 뛰어들지 않고 그저 강가에서 울고 있는 장면들이었다. 그러나 오우여[23]가 그린 『이십사효녀도』女二十四孝圖(1892)에는 두 시체가 함께 떠오르는 장면이 있었는데 그것은 〈그림 1〉의 윗부분과 같이 '등을 서로 맞대고' 있는 것이었다. 생각해 보면 아마 그도 내가 들은 이야기를 알고 있는 것 같았다. 그리고 『후이십사효도설』後二十四孝圖說이 있는데, 이역시 오우여의 그림으로, 여기에도 조아가 나오는데 〈그림 1〉의 아랫부분과 같이 조아가 강에 막 뛰어들려고 하는 장면이 그려져 있다.

내가 오늘까지 보아 온 효도를 가르치는 그림 이야기를 말하자면 옛날부터 오늘까지 도적이나 호랑이, 불이나 바람을 만나서 곤경을 치른 효자들이 퍽이나 많은데 대처하는 방법은 열에 아홉은 모두 '울고' '절하는' 것이었다.

중국의 울음과 절은 언제나 끝이 날까?

〈그림 1〉

　화법畵法에 대해 말하면 가장 고졸한 것은 일본의 오다 가이센[24] 것을 칠 수 있다고 나는 생각한다. 이 책은 벌써 오래전에 『점석재총화』點石齋叢畵에 수록되어 국산품으로 되었기 때문에 아주 쉽게 손에 넣을 수 있다. 오우여의 그림은 가장 섬세하고 기교가 뛰어나면서, 인기도 가장 많다. 하지만 그는 역사화를 그리는 데는 그리 적합하지 않다. 그는 오랫동안 상하이의 조계지에서 살고 있었던 까닭에 귀에 익숙하고 눈에 익어 제일 솜씨 있게 그리는 그림은 「사나운 기생 어미가 기생을 학대하다」나 「건달들이 협잡질하다」 따위의 시사화였다. 이 그림들은 무척 생동적이어서 종이 위에서 상하이의 서양거리를 그대로 보는 듯한 느낌을 주었다. 하지만 그 영향은 매우 좋지 못했다. 근래에 수많은 소설들과 아동도서의 삽화에는 흔히 여성들을 다 기생모양으로 그려 놓고 아이들을 전부 어린 건달꾼같이 그려 놓았는데 그 것은 거개가 그의 그림책을 너무 보았기 때문이다.

　그러나 효자의 역사적 유적들은 비교적 그리기가 어렵다. 그 이 유는 비참한 것이 많기 때문이다. 예를 들면 「곽거가 아들을 묻다」는 그림은 어떻게 하더라도 아이들이 기뻐 날뛰며 자진해서 웅덩이 속으로 들어가 눕도록 그리기 어려운 것이다. 그리고 「대변을 맛보며 근심 하다」[25]는 그림도 사람들의 마음을 끌 수 있도록 그리기는 어려운 일 이다. 이 밖에 래 영감老萊子이 「알록달록한 옷을 지어 입고 부모를 즐 겁게 하다」는 그림에 쓰여 있는 시에는 "기쁨이 방 안 가득하다"고 했 지만, 그 그림에서는 결코 아기자기한 가정적 분위기를 느낄 수 없다.

　나는 지금 세 종류의 다른 표본을 선택하여 〈그림 2〉에 합쳐 놓 았다. 맨 위는 『백효도』의 한 부분으로서 '진촌陳村 하운제'[26]가 그린 것이다. 그것은 '물을 떠가지고 방 안에 들어가다가 일부러 넘어져 어 린애 울음소리를 내는' 단락을 그린 것이다. 거기에는 또한 '부모들이 입을 벌리고 웃는' 모습도 그려져 있다. 가운데 자그마한 그림은 내가 '직북直北 이석동李錫彤'이 그린 『이십사효 그림과 시 종합본』二十四孝圖 詩合刊에서 가져온 것인데, 그것은 '알록달록한 옷을 지어입고 부모님 옆에서 아이들 놀이를 하다'라는 단락을 그린 것이다. 손에 쥔 '딸랑 북'은 '아이들 놀이'를 상징한 것이다. 그런데 이 선생은 키가 큰 노인 이 그런 짓을 하는 것이 아무래도 어색하다고 생각했는지 될 수 있는 대로 그의 몸을 줄여서 수염 난 어린아이 모양으로 그렸다. 하지만 그 것은 영 맛이 없다. 그림에서 선이 잘못된 것과 빠진 것에 대해서는 작

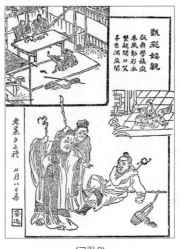

〈그림 2〉

가를 나무라거나 나를 원망할 것이 아니라, 판각공을 나무래야 할 것이다. 조사해 보니 이 판각쟁이는 청나라 동치 12년(1873) 때 '산둥성 부정쓰가布政司街 난서우로南首路 서쪽 홍문당鴻文堂 판각처'에 있던 사람이었다. 아래 그림은 '중화민국 임술년'(1922)의 신독산방愼獨山房 판각본인데 화가의 이름이 없다. 이 그림은 두 가지 사건을 겹쳐서 그린 화법을 취하여 '일부러 넘어지는 것'과 '아이들 놀이를 하는 것'을 함께 합쳐 그렸는데, '알록달록한 옷'을 잊어버리고 그리지 않았다. 오우여가 그린 책에서도 이 두 가지 일을 합쳐 그렸으나 알록달록한 옷만은 잊어버렸다. 다만 래 영감이 좀 뚱뚱하고 쌍 상투를 틀긴 했지만 그래도 아이들의 흥미를 끌 정도는 아니다.

사람들은 풍자와 냉소는 종이 한 장의 차이밖에 없다고 말하는

데 나는 흥미 있는 것과 느끼한 것도 그와 마찬가지라고 생각한다. 어린애들이 부모들에게 재롱을 부리는 것은 보기에 흥미 있는 일이지만, 만일 어른이 그렇게 한다면 어지간히 눈꼴사나울 것이다. 활달한 부부가 사람들 앞에서 서로 사랑하는 것도 흥미로운 한계를 조금만 넘어가면 느끼하게 보이는 것이다. 그러므로 래 영감의 어리광 부리는 그림을 그 누구도 잘 그리지 못하는 것도 이상할 게 없다. 그림에서와 같은 집안이라면 나는 단 하루도 맘 편히 살 수 없을 것이다. 일흔이 넘은 늙은이가 일 년 내내 '딸랑북'을 가지고 놀아야 하니까.

한나라 사람들은 궁전이나 무덤의 석실 안에다 고대의 제왕이나 공자와 제자, 명망 있는 남녀, 효자들의 벽화를 그리거나 조각을 해넣곤 하였다. 그런 궁전들은 물론 서까래 하나 남지 않았지만 석실은 그래도 간혹 남은 것이 있는데 그중 온전한 것으로는 산둥 자샹嘉祥현의 무武씨 석실[27]이다. 나는 거기에서 래 영감의 이야기를 새겨 놓은 것을 본 듯하다. 그러나 지금은 손에 탁본도 없고, 『금석췌편』[28]도 없으므로 그것을 고찰할 길이 없다. 그렇지 않았더라면 오늘의 그림과 약 1천 8백 년 전의 그림을 비교해 보는 것도 흥미 있는 일일 것이다.

래 영감에 대해서 『백효도』에는 다음과 같은 글이 있다. "……래 영감은 추鷚를 가지고 놀면서 부모를 기쁘게 한 일이 있다. 양친 곁에서 추를 가지고 놀면서 부모를 기쁘게 해드렸다."(주: 『고사전』[29])

『고사전』은 누가 지었는가? 혜강嵇康인가, 아니면 황보밀皇甫謐인가? 마찬가지로 손에 책이 없었기에 찾아볼 길이 없었다. 그런데 마침

요즘에 한 달 월급이 공짜로 생겨서 마음을 강하게 먹고 『태평어람』을 사다가 한 바탕 뒤져 보았는데 끝내 찾지 못하였다. 만일 나 자신의 부주의가 아니라면 그것은 당나라나 송나라 사람들의 유서[30]에서 나왔을 것이다. 하지만 이것은 별로 대수로운 것이 아니다. 내가 특이하다고 느끼고 있는 것은 바로 그 글 가운데 있는 '추'雛자이다.

내 생각에 이 '추'자가 그 어떤 조그만 새끼 새 종류 같지는 않다. 아이들이 가지고 놀기 좋아하는, 진흙에 비단이나 천을 입혀 만든 인형을 일본에서는 hina라고 하며 '추'자로 표기한다. 일본에는 흔히 중국의 고대 어휘들이 남아 있는데, 래 영감이 부모들 앞에서 아이들의 노리개를 가지고 놀았다는 것이 새끼 새를 가지고 놀았다는 것보다는 더욱 자연스러울 것이다. 그런 식으로 보자면 영어의 Doll, 다시 말해서 우리가 말하는 '서양 오뚝이'나 '흙 인형'도 글자로는 '꼭두각시'傀儡라고 쓸 수밖에 없는 것처럼, 옛사람들이 그것을 '추'라고 부르다가 나중에 사라졌는데 일본에만 그렇게 남아 있는지 알 수 없는 일이다. 하지만 이것도 나의 일시적인 억측에 지나지 않는 것으로서 결코 그 무슨 확실한 증거가 있는 것은 아니다.

추를 가지고 놀았다는 일에 대해서는 누구 하나 그림을 그린 사람이 있는 것 같지 않다.

내가 수집한 또 다른 종류의 책들은 '무상'無常[31] 그림이 들어 있는 책들이다. 그 가운데 한 가지는 『옥력초전경세』玉歷鈔傳警世(혹은 경세란 두 글자가 없는 것도 있다)이고, 다른 한 가지는 『옥력지보초』玉歷

至寶鈔(혹은 편編자를 덧붙인 것도 있다)이다. 사실 이 두 가지 책은 엇비슷하다. 이 책들을 수집하게 된 데 대해 나는 먼저 창웨이쥔 형에게 감사드려야 한다. 그는 나에게 베이징의 용광재龍光齋본과 감광재鑒光齋본을 보내 주었고 또 톈진의 사과재思過齋본과 석인국石印局본, 난징의 이광명장李光明庄본도 보내 주었다. 다음은 장마오천[32] 형인데 그는 나에게 항저우의 마노경방瑪瑙經房본과 사오싱의 허광기許廣記본, 최근의 석인본石印本을 보내 주었다. 마지막으로 나 자신도 광저우의 보경각寶經閣본과 한원루翰元樓본을 구했다.

이런 『옥력』玉歷은 복잡한 것과 간단한 것 두 종류가 있는데, 이것은 내가 앞에서 말한 것과 맞아떨어진다. 그러나 나는 '무상' 그림들을 다 찾아보고 나서 오히려 당황했다. 그것은 책에 나오는 '활무상'活無常의 모습이 꽃무늬 두루마기에 사모를 받쳐 쓰고 등 뒤에 큰 칼을 차고 주판을 들고 높은 고깔모자를 쓰고 있어서 오히려 '사유분'死有分이었기 때문이다! 얼굴이 흉악하고 인자한 구별이 있고, 신발은 짚신과 헝겊(?)신의 차이가 있기는 하지만, 그것은 화공들이 제멋대로 우연히 그렇게 한 것으로 볼 수도 있다. 여기에서 가장 긴요한 것은 그림에 나오는 글씨들이 모두 다 '사유분'이라 한 점이다. 오호라! 이것이 나를 곤란하게 만드는 것이었다.

하지만 나는 역시 수긍할 수 없다. 첫째로 이 책들은 내가 어릴 때 보았던 그 책들이 아니고, 둘째로 나의 기억이 틀림없다는 것을 스스로 굳게 믿고 있기 때문이다. 그러나 그림을 한 장 떼어 내어 삽화로 삼으려던 생각은 흐지부지 사라져 버렸다. 그러니 하는 수 없이 여러

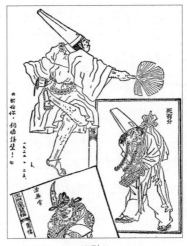

〈그림 3〉

그림들 가운데서 하나씩 — 난징본의 '사유분'과 광저우본의 '활무상' — 을 선택하고 난 후에, 내 자신이 직접 손으로 내 기억 속에 난징본의 '목련희[33]'나 신맞이 제사놀이[34]에 나오는 '활무상'을 더 그려 넣어 얼버무릴 수밖에 없었는데, 다행스럽게도 나는 화가가 아니므로 그림이 졸렬하지만 독자들로부터 나무람까지는 받지 않을 것이다. 사전에 뒷일을 미리 생각하지 못한 탓으로, 앞에서 오우여 선생 같은 분들에게 야유하는 말을 퍼이나 많이 하였는데, 뜻밖에도 얼마 지나지 않아 나 자신이 바로 그런 망신을 당하게 되었다. 그래서 지금 여기에 먼저 이렇게 몇 마디 변명해 두고자 한다. 그러나 이렇게 해도 쓸모없다면, 오직 될 대로 되라는 쉬(쉬는 성이며 이름은 스창) 대총통[35]의 철학을 따를 수밖에 없다.

그 밖에도 심복할 수 없는 것은 『옥력』을 선전하는 여러 높으신 분들이 저승의 일들을 그리 잘 알지 못하고 있다는 점이다. 이를테면 사람이 막 죽었을 때의 상황을 그린 그림만 해도 두 가지였다. 하나는 '혼을 끌어가는 사자'라고 불리는 손에 쇠작살을 든 귀졸鬼卒이 혼자 오는 그림으로, 그 외에는 아무것도 없다. 다른 하나는 말상馬面 하나와 두 명의 무상無常 ── 양무상과 음무상 ── 이 그려져 있었는데, 이 두 명의 무상은 결코 '활무상'과 '사유분'은 아니었다. 만약 이 두 무상을 활무상과 사유분이라고 한다면 따로따로 된 한 장짜리 그림과도 맞아떨어지지 않는다. 예를 들면 〈그림 4〉A의 양무상이 꽃무늬가 있는 두루마기에 사모를 쓰고 있는가? 반대로 음무상만은 그래도 한 장짜리 그림의 사유분과 제법 비슷한 데가 있기는 하나, 주판을 놓고 대신 부채를 들고 있지 않은가? 이것은 그래도 그때가 아마 여름이니까 그랬다 할 수 있겠으나, 얼굴에 구레나룻이 그렇게 텁수룩이 자란 것은 어떻게 된 셈인가? 여름철이라 돌림병이 많으니 일에 바빠서 미처 면도할 틈도 없었단 말인가? 이 그림은 톈진의 사과재본에 나오는 것인데 베이징본과 광저우본도 이와 거의 비슷하다는 것을 함께 말해 둔다.

그림 B는 난징의 이광명장 판각본에서 가져온 것인데 A와 그림은 같으나 글은 정반대이다. 즉 톈진본에서 음무상이라고 한 것을 여기서는 양무상이라고 했다. 하지만 이것은 내 주장과 일치한다. 그러니 만일 흰 옷에 높은 고깔모자를 쓴 것이 있다면, 그것이 수염이야 있든 말든, 베이징 사람이나 톈진 사람이나 광저우 사람들 모두 그것을 음무상이나 사유분이라 일컫고, 나와 난징 사람들은 활무상이라고 부